Miriam Vieitez

L'Absence de l'auteur

© Miriam Vieitez, 2025

Couverture : Alizée Veauvy Guilliams

Édition : BoD · Books on Demand, 31 avenue Saint-Rémy, 57600 Forbach, bod@bod.fr

Impression : Libri Plureos GmbH, Friedensallee 273, 22763 Hamburg (Allemagne)

ISBN : 978-2-3225-7464-3

Dépôt légal : Mai 2025

Quelques mots préliminaires

Dans une section qui a depuis longtemps ravi les adeptes de la Kabbale, cet ancien traité proclame avec certitude : « Vingt-deux lettres fondatrices : Il les a décrétées, Il les a taillées, Il les a assemblées, Il les a pesées, Il les a permutées. Et Il a créé avec elle la création tout entière et tout ce qui devait être créé dans le futur[1]. »

Edward Hoffman, *The Hebrew Alphabet: A mystical journey.*

Il y a plusieurs façons de lire Proust.

On peut d'abord lire Proust par accident, au hasard d'une découverte en librairie. « Marcel… Proust ? Quel nom étrange. C'est une saga ? » On peut commencer *Du côté de chez Swann* innocemment, en se disant que l'auteur fait quand même de longues phrases. Comme c'est osé cette scène de sadomasochisme lesbien !

---

[1] In a section that has long entranced Kabbalistic adepts, this ancient treatise vividly declare, « Twenty-two foundations letters: He ordained them, He hewed them, He combined them, He weighed them, He interchanged them. And He created with them the whole creation and everything to be created in the future. » (Traduction libre)

Comme c'est philosophique cette longue réflexion sur la mémoire partant d'une simple madeleine, est-ce vraiment un roman que je lis là ? Comme c'est étonnant ce chapitre, « Un amour de Swann » : soudain, il n'y a plus de première personne, soudain, on raconte l'histoire de ce Charles Swann à la troisième personne, dans une étrange narration interne. On dirait presque un roman dans un roman, ils devraient penser à le vendre comme ça d'ailleurs, en séparant ces quelques centaines de pages du reste du livre.

Ce lecteur existait sans doute le 14 novembre 1913, date de la publication du premier tome de la Recherche. Il a peut-être même fini *Du côté de chez Swann* en se demandant bien ce qu'il allait advenir de Swann, du narrateur, de Gilberte et de ce mystérieux Charlus.

Quand on regarde un film de zombies, on s'agace parfois de voir les héros ne pas tirer dans la tête des monstres : on oublie que dans leur univers, les films de zombies n'existent pas forcément. Quand on regarde une série modernisant les aventures de Sherlock Holmes au XXIe siècle, on présume qu'Arthur Conan Doyle n'a jamais écrit d'enquêtes policières ; sinon, n'importe quel client du Sherlock Holmes moderne lui demanderait si ses parents ont voulu lui faire une blague en le nommant ainsi et s'il a lui-même fait exprès d'avoir comme colocataire un Dr John Watson. Peut-être que dans ces mondes-là, ces univers où Conan Doyle a choisi le spiritisme plutôt que l'écriture, où Romero n'a jamais appris à manier une caméra, peut-être que dans ces mondes-là, il y a des lecteurs qui découvrent *À la recherche du temps perdu* un siècle après sa parution, sans en avoir jamais entendu parler.

Mais dans notre monde, c'est difficile à croire et c'est une autre façon de lire Proust : en le connaissant déjà.

On lit Proust parce que c'est l'auteur préféré de notre mère et qu'elle nous l'a mis dans les mains le plus vite possible. On lit Proust parce qu'un professeur de littérature en Hypokhâgne l'a placé dans sa bibliographie. On lit Proust parce qu'*Un amour de Swann* est au programme du concours de l'ENS. On lit Proust parce que ce sont les cent ans de sa naissance, de sa mort, de la publication du premier tome de la Recherche et qu'il y a des dizaines d'expositions sur les brouillons de la Recherche, sur Paris au temps de la

Recherche, sur les peintures qui ont inspiré la Recherche, sur les costumes de Proust, sur son lit et les pantoufles qu'il portait le jour de sa mort. On lit Proust parce qu'on a eu un accident et qu'on doit rester plusieurs mois alité et on décide de se lancer dans Proust, parce qu'on a que ça à faire. On lit Proust parce qu'on a vu un article proclamant qu'il fallait lire ces cinquante classiques avant de mourir et que la Recherche était dans le top cinq. On lit Proust parce qu'on a cinquante ans et qu'on se sent plus mature pour « s'attaquer à ce monument de la littérature. »

On lit Proust parce qu'on nous a dit que c'était le plus grand auteur français, on lit Proust parce qu'on nous a dit que c'était le pire.

J'ai lu Proust parce que je devais lire Proust : je fais de la littérature et c'est un « classique ». Quand on fait de la littérature, on lit des classiques en pensant aux analyses qu'on devra faire ensuite en cours, aux commentaires qu'on devra rédiger, aux mémoires qu'il faudra terminer.

Quand dans « Death of the author », Roland Barthes propose d'oublier complètement l'auteur, d'analyser son texte comme s'il n'existait pas, il sait l'impossibilité d'une telle démarche : « la naissance du lecteur doit se payer de la mort de l'Auteur » écrit-il, mais dans quel monde puis-je lire Proust comme si je ne savais pas qu'il était juif, homosexuel, comme si je n'avais jamais entendu quelqu'un raconter un souvenir d'enfance en disant que c'était sa madeleine de Proust ? Il aurait fallu que je n'aille jamais à l'école, que je n'aie jamais aucun cours de Français, que j'apprenne à lire sans lire aucun roman, et peut-être, peut-être aurais-je pu lire Proust sans avoir jamais entendu parler de lui mais sans doute aurais-je été découragée dès la première page.

Dans ce monde dépeint par Barthes, l'auteur ne doit plus exister ; seul reste le texte, tombé du ciel, intact et intouchable, cadeau divin aux hommes sur le mont Sinaï. Le texte seul compte, et seul le texte marque les esprits. Les écrivains s'envolent, leurs écrits restent. Une armée de rabbins, de théologiens au fil des siècles qui interprètent et débattent sur les mêmes mots, des centaines et centaines de critiques qui se disputent sur trois vers de Racine : il n'y a rien de plus sacré qu'un texte, rien de plus précieux.

La littérature n'est pas sacrée ? Si c'est le cas, alors elle ne vaut plus rien, alors tout l'argent, toute l'énergie consacrée à son étude n'a plus aucun sens. La littérature n'est que sacrée, sinon nous, nous Roland Barthes, nous Proust, nous Jeanne Debreuil, n'existons plus.

Ce livre est une interrogation sur ce qui fonde mes études : la critique littéraire. Inspirée de Borges comme d'Agamben, je me plonge dans cette question : pourquoi nous intéressons-nous autant à la littérature, pourquoi et comment l'étudions-nous ?

Pierre Bayard, dans *Enquête sur Hamlet : Le dialogue de sourds*, raconte l'opposition de deux critiques littéraires sur l'identité du meurtrier du père d'Hamlet. L'un écrit à l'autre : « J'ai dû lire votre article une demi-douzaine de fois avant d'arriver à Sunderland, et dès le premier instant j'ai su que j'étais né pour y répondre [2] ». Une telle passion ne peut s'expliquer que par une sanctification de la littérature. Ces deux critiques ont théoriquement le même texte sous les yeux, mais ils se

---

[2] Pierre Bayard, *Enquête sur Hamlet : Le dialogue de sourds*, Les Editions de Minuit, 2014.

battent pourtant sur ce que Shakespeare a voulu dire, un positionnement qui rappelle celui de certains théologiens discutant de textes religieux : dire n'importe quoi sur Hamlet, c'est mal comprendre Shakespeare, dire n'importe quoi sur la Bible, c'est mal comprendre… On dit que les Juifs sont le « peuple du Livre » ; la littérature est une religion sans offices, où il ne reste que le texte.

Je travaille donc sur la mystification littéraire : mystifier vient du latin, *mysta*, un terme religieux signifiant « initié ». Il a également donné mystère, qui, s'il a aujourd'hui perdu quelque peu de son sens sacré, évoquait autrefois les secrets d'une religion, ce qu'elle a de plus caché. Les Mystères étaient ces pièces du Moyen Âge représentant des épisodes bibliques. Être mystifié, si on entend *mysta* dans son sens originel, pourrait signifier être initié, comprendre alors ce que les autres ne comprennent pas. Pourtant, aujourd'hui, le terme de mystification nous évoque plus des canulars. Il a même pris le sens inverse du terme ancien. Mystifier, c'est tromper, c'est mentir, et certainement ce détournement du sens a à voir avec une laïcisation de notre société. Être mystifié à notre époque n'est pas être initié, donc posséder un savoir supérieur à la majorité de la population, mais au contraire, être la victime d'une plaisanterie, ne rien connaître, sinon des mensonges. La mystification littéraire serait donc une littérature mensongère, qui n'a pour but que de tromper le lecteur comme les critiques.

Pourtant, n'est-ce pas le seul moyen de prendre du recul sur la théorie littéraire que de la parodier, pour éviter de retomber de nouveau dans des cercles d'analyses à n'en plus finir ? La théorie littéraire est bien celle qui ne veut et ne doit pas être dupée, car elle interprète, elle déchiffre. Elle cherche, en creusant dans une œuvre, à nous initier à ses mystères les plus secrets. Paradoxalement, la théorie littéraire n'a pas de mystères : pas de doubles sens chez Genette, le terme de « méta littéraire » a une définition précise qui ne cherche pas à nous tromper. Une littérature mystificatrice aurait donc pour objectif de nous initier à la théorie littéraire, de nous ouvrir les yeux sur cet art a priori sans secrets, de nous faire douter sur ce dont on ne doute pas.

L'analyse d'une analyse n'a pas de sens ; cela serait comme écrire un roman pour parler d'un roman. Rien de surprenant par conséquent que l'analyse de l'analyse soit le plus souvent une analyse d'un sujet extérieur. Dans *Nuovo Commento*[3], Giorgo Manganelli critique un texte absent, démarche qui pourrait paraître vaine si, comme Italo Calvino[4] l'a compris, nous ne voyons pas ici que le sujet de cette étude littéraire, c'est Dieu lui-même.

Pour préciser une dernière fois mon angle, c'est Jeanne Debreuil qui sera l'objet de ce livre. Qui est Jeanne Debreuil ? Nous aurons l'occasion d'y revenir, puisqu'une simple présentation biographique nous semble déjà insuffisante. Donner sa date de naissance, c'est la trahir. Écrire son prénom et son nom est déjà un outrage : elle est par ce qu'elle a écrit, et parce qu'elle a écrit. Sa vie est un mystère, dans tous les sens du terme, une clef pour décoder ses ouvrages. Nous nous emploierons moins à comprendre ses écrits qu'à les traduire et à les interpréter comme nous le pouvons. La tâche ne sera pas aisée, d'autres sont passés avant nous, nous indiquant la voie. L'enjeu en vaut certainement la chandelle.

---

[3] Giorgio Manganelli, *Nuovo commento*. Adelphi, 1993.
[4] Giorgio Agamben, Martin Rueff (trad.) *Le feu et le récit*, Rivages, 2015.

La tradition juive veut que l'on ne prononce pas le nom de Dieu. Écrit avec quatre lettres, ce qu'on appelle le tétragramme est de fait impossible à dire, l'hébreu étant une langue où toutes les lettres sont des consonnes – les voyelles sont à part. Le nom de Dieu ne contient pas de voyelles ou n'en contient plus, il est donc imprononçable, et lors des prières, on le remplace par Adonai (mon Seigneur) ou HaShem (le Nom). Qu'importe finalement le Nom, c'est peut-être le seul mystère qu'il ne faut pas résoudre. Ainsi Jeanne Debreuil ne s'appelle peut-être pas réellement Jeanne Debreuil, peut-être n'y a-t-il plus rien derrière ce nom, mais cela ne change rien à ce que l'on peut écrire et penser d'elle.

Agamben s'inspire d'une vieille histoire juive pour donner son nom à son livre, *Le Feu et le Récit*, celle d'une histoire qui se transmet de rabbin en rabbin. C'est une histoire connue, que nous résumons grossièrement : le premier rabbin, quand il y avait un problème, allait dans la forêt, allumait un feu et récitait une prière. Et cela suffisait. Bien des années, des siècles plus tard, le deuxième rabbin va également dans la forêt, mais il ne

13

sait plus allumer le feu : il récite néanmoins les prières. Et cela suffit. Encore des années plus tard, un troisième rabbin sait encore se rendre dans la forêt, mais il ne connaît plus les prières. Et cela suffit. Enfin, un dernier rabbin dit « Je ne sais plus où se trouve l'emplacement de la forêt, nous ne savons plus allumer le feu ni dire les prières, mais nous pouvons encore raconter l'histoire. » Et cela suffit. Les pratiques se perdent, les coutumes disparaissent, reste seulement l'histoire. Jeanne Debreuil peut bien mourir, elle peut même n'avoir jamais existé si elle le souhaite, tout comme le Nom de Dieu, connu autrefois des Hébreux mais oublié aujourd'hui, peut se perdre, cela ne change rien. Cela suffit.

Notre mémoire est fondée sur une absence, celle de l'auteur. Comme Barthes aurait pu l'écrire, nous travaillons sur « the absence of the author ».

Mémoire de master

2016-2017

L'Absence de l'auteur : Mystification dans l'œuvre de Jeanne Debreuil

Par Nathalie Agnese

Sous la direction de Nicole Dumonier

introductionV1.doc

Jacques Hernier, à l'apogée d'une longue carrière de critique littéraire, surprit le monde universitaire en déclarant lors d'un colloque :

> Le fonctionnement de la littérature est en tout point semblable à celui du cerveau […] La science a déterminé que nous n'utilisions qu'une infime partie de nos cellules grises. Il en va de même pour la littérature : nous, et quand je dis « nous », je pense tout aussi bien aux lecteurs les plus lambda qu'aux universitaires de renom, nous n'utilisons qu'une infime partie de la littérature[5].

Déclaration énigmatique en tout point, qui pose un certain nombre de questions, qu'il serait long de toutes nommer ici. Nous les résumerons avec cet article provocateur de Catherine Olivier : « La littérature n'est pas une science[6] ». Dans cet article, paru quelques semaines après la publication de ce colloque, Olivier,

---

[5] Jacques Hernier, « La ponctuation balzacienne, un art entre parenthèses », in *Figures et lettres*, sous la direction d'Anne-Louise Lombard, Presses Universitaires de Rennes, 2008.
[6] Catherine Olivier, « La littérature n'est pas une science », in *Lire*, 2008, n°402.

plus qu'une analyse de Hernier, se lance dans une longue diatribe « pour la littérature et pour l'hermétisme ». En effet, quel intérêt y aurait-il à « tout comprendre, toujours tout savoir, comme si les critiques devaient être des scientifiques ? » Pour Olivier, l'erreur de Hernier réside dans une comparaison forcément fausse. La littérature « n'est pas un cerveau : elle est à peine qualifiable selon nos critères terrestres. Il serait plus juste de la comparer à une déesse capricieuse, mystérieuse et incompréhensible. Les voies de la littérature sont impénétrables ». Elle finit sur cette phrase emblématique : « Je ne suis pas athée, je suis littéraire. »

Cette dichotomie entre la science et la religion en ce qui concerne la littérature peut sembler factice ; après tout, « la littérature n'est que littérature[7] », et vouloir la faire rentrer dans un paradigme aussi ancien que l'humanité n'a pas d'intérêt dans son étude. Cependant, Olivier pointe bien là, sans le vouloir, des similitudes troublantes. Entre théorie littéraire et théorie scientifique, quelle différence ? Peu oseraient présenter

---

[7] Laure Dobrowsky, « L'art po-éthique de Philippe Jaccottet », in *Les Lettrés contemporains*, sous la direction de Catherine Olivier et de Jean-Jacques Morel, Université Paris X, 2007.

une nouvelle étude révolutionnaire de Proust sans l'accompagner de preuves, extraits et citations toutes ensemble. On imagine mal un universitaire publier une théorie déclarant qu'en réalité, Victor Hugo s'est converti à l'islam, et qu'on peut le comprendre à travers ses livres, sans appuyer une telle théorie avec des sources solides. Il est impossible de « dire des conneries sur la littérature[8] », pour reprendre l'expression de Bernard Ballier. Mais cette rigueur scientifique qui accompagne l'étude littéraire ne va-t-elle pas de pair avec une certaine vénération envers l'objet littéraire ? Pour traiter la littérature aussi délicatement qu'un scientifique manierait un spécimen rare, il faut bien donner une valeur au texte. Et, comme toute religion, la littérature française a ses interdits, ses non-dits, ses dogmes, ses pratiques, ses textes sacrés, imprimés, fort à propos, sur du papier bible en Pléiade. Il y a des classiques et des auteurs oubliés, des biographies consacrées, et ce qu'on dit moins.

Cela nous amène naturellement au cas de Jeanne Debreuil, le sujet de notre étude. Ces débats, Debreuil

---

[8] Bernard Ballier, *Le siècle des Lumières éteintes,* Gallimard, coll. « Histoire(s) politique(s) », 2013.

les incarne, et même après sa supposée disparition il y a une vingtaine d'années, sa figure continue à animer les discussions en milieux restreints. « Figure », c'est bien le mot, un « mythe » pourrions-nous dire. Elle serait née dans la seconde moitié du XXe siècle, certainement en France. Son premier livre, *Au cœur de la nuit*, un recueil de nouvelles, sort en 1988. À partir de là, ses œuvres apparaissent à intervalles réguliers dans des librairies indépendantes ou des bibliothèques municipales, jusqu'à sa disparition totale des librairies après la publication de son dernier livre en 1998. Son travail fait polémique : certains l'adorent, d'autres la détestent. Discrète sur sa vie privée, en témoigne l'absence totale de présentation de l'autrice dans ses livres, nous en ferons de même. Beaucoup ont cherché à la rencontrer, aucun n'a réussi – son éditeur lui-même ne l'aurait jamais vue, si on en croit les rumeurs.

Dire que Jeanne Debreuil a été longtemps absente des études littéraires n'est pas entièrement inexact. Pourtant, cela reste une simplification. Les articles, les colloques restent rares, la simple mention de son nom est un miracle. Cependant, elle a rapidement attiré des chercheurs, des journalistes et des lecteurs, se distinguant certes par leur petit nombre, mais bien présents. Les debreuillistes, s'il faut leur donner un nom - mais c'est bien en nommant les choses qu'on les rend réelles - ont lutté pour la reconnaissance de leur autrice favorite, mais leur combat a souvent été souterrain. Debreuil en somme est devenue l'idole d'une minorité, d'autant plus une icône qu'elle était aimée de peu. Elle eut également ses détracteurs, fait étonnant quand on pense à son manque de popularité. Ses critiques contribuèrent tout autant à son mythe que ses fidèles, en s'acharnant avec une surprenante violence contre une autrice très peu connue. Il y a une vingtaine d'années, on a commencé à cesser de voir apparaître ses ouvrages : le silence s'éternisant, on en a déduit que Debreuil n'écrivait plus. Cela n'a arrêté ni ses adorateurs, ni ses ennemis. En littérature, les grandes controverses ne meurent jamais, même quand les protagonistes ne sont plus de ce monde, tant qu'ils nous restent leurs textes et des gens pour les défendre. On pourrait tout aussi bien recréer la querelle du Cid aujourd'hui comme si elle ne s'était jamais interrompue ; ainsi, les questions qui entourent les romans de Debreuil ne se sont jamais éteintes, au contraire, elles seront « toujours actuelles, tant qu'il se trouvera des lecteurs pour les poser[9] ».

S'il faut poser ces questions, l'intérêt de la réponse est plus discutable. Debreuil elle-même, par le constant mystère dont elle a entouré sa vie, a repoussé tous les éclaircissements qu'on aurait pu lui demander. Son dernier roman, *L'Homme qui dégringole*, raconte la longue descente d'un homme du palier de son appartement au dixième étage jusqu'au rez-de-chaussée. Il ne se passe rien et il se passe tout : chaque étage – chaque chapitre – décrit une émotion, une douleur, une joie. Nous n'avons ni son nom, ni son passé, nous ne savons rien de lui. Le roman se termine par ces mots :

Enfin, il était arrivé. Il ouvrit la porte et sortit.

Le roman se termine sans nous donner le moindre indice sur le but de cette descente, ce qu'il compte trouver dehors. Le roman se finit sans réponses.

---

[9] Jacques Hernier, « Le mystère Debreuil est encore à élucider », *Lire aujourd'hui*, 2001, n°123 (ou 124 ? à vérifier)

Debreuil cherchait-elle à accentuer le flou autour de son œuvre ? Pour beaucoup, Debreuil « s'amuse à agiter aux nez des critiques le chiffon d'une explication[10] », pour d'autres, elle « nous invite à dépasser la réponse pour mieux nous intéresser à la question ». Pour répondre à ces questions, nous nous intéresserons principalement à *Elle*, livre considéré par beaucoup comme l'un des plus hermétiques de Debreuil ; mais c'est peut-être par son hermétisme qu'il en devient révélateur.

Il ne s'agit pas ici de donner des réponses définitives, mais d'évoquer les différentes interprétations faites au fil des années sur le texte. Rien n'a pu être confirmé, et ne le sera certainement jamais. Plus encore que la réponse, nous nous intéressons au mystère en lui-même ; comment Debreuil développe-t-elle le trouble, cette inquiétante étrangeté qui la caractérise, au fil de ses mots, comment le brouillard qui enveloppe ses phrases fait tout autant partie de l'œuvre que l'histoire ? Le choix du roman policier à cet effet est symbolique ; en

---

[10] Patrick Cornière, « Qui a tué Jeanne Debreuil ? », *Crimes de Lettres*, décembre 2000, n°76.

effet, « qui est l'assassin de Debreuil[11] ? » C'est par cette question provocatrice posée par Patrick Cornière que nous dirigerons notre étude.

Notre problématique portera sur la mystification de Debreuil / l'hermétisme debreuillien / l'anti-narration dans le travail de Debreuil, blablabla Debreuil.

Bien que notre étude porte principalement sur *Elle*, nous pensons que les autres œuvres de Jeanne Debreuil sont autant d'indices qu'il ne faut pas négliger. Nous travaillerons donc sur *Elle*, mais également, *Au cœur de la nuit*, *La Petite fugue* et *L'Homme qui dégringole*.

Rappelons rapidement le sujet d'*Elle* : nous apprenons dès les premières pages qu'un meurtre a été commis. Notre narratrice, apparemment policière ou détective privé, cela n'est jamais précisé, doit le résoudre. Les premières phrases sont en soi un concentré du style de Debreuil :

> Elle avait été tuée. Par qui, comment, pourquoi, je ne le sais pas. Tout ce que j'ai, ce sont ces quelques mots, griffonnés sur une serviette en

---

[11] Ibid.

23

papier, à moins qu'ils n'aient été tagués sur un immeuble sale : elle a été tuée. Apparemment l'univers m'avait choisie. Ou plutôt, elle m'avait choisie, puisqu'elle et l'univers, c'est du pareil au même[12].

S'ensuit l'enquête de notre personnage, si on peut appeler ça une enquête (trop sarcastique ?), dans un univers de roman noir rempli de stéréotypes / cliché / stéréotypé. Tout semble noyé dans de la fumée de cigarettes, il ne fait jamais jour, l'enquêtrice n'hésite pas à frapper ses suspects s'ils tardent à répondre. L'intrigue, pourtant, n'a aucun sens : jamais elle ne nous explique qui a été tuée, qui est notre personnage, quels sont les gens qu'elle interroge et pourquoi elle les interroge. À peine sont-ils nommés, « l'homme au chapeau gris », « la logeuse », et les dialogues n'aident en rien : pire, ils accentuent la confusion du lecteur. L'enquêtrice pose des questions incompréhensibles, semblant se référer à d'autres intrigues que nous ne connaissons pas. En voici un exemple frappant :

---

[12] Jeanne Debreuil, *Elle,* La Bibliothèque, 1991.

Je lui donne un coup de poing. L'homme au chapeau gris encaisse le coup, mais continue de se taire. Je m'emporte :
« La copine de Jo m'a tout dit ; je sais que c'était le 19 avril.»
Il sourit, puis il me crache à la gueule. Son sang mélangé à sa salive coule sur ma joue, mais je ne baisse pas les yeux. Il rit comme un dément :
« Demande à la copine de Jo ce qu'elle pense des trois diamants.»
Je manque brusquement d'air. Comment peut-il savoir ? Personne n'est au courant, personne ne *doit* être au courant – je m'en étais assurée. Je quitte la pièce, puis la maison. Dans la rue, une cabine téléphonique sonne. Une voix familière est au bout du fil :
« T'en as mis du temps[13].»

Toutes ces références ne sont jamais expliquées, avant ou après cet extrait. Le lecteur semble être tombé au milieu d'une histoire dont il lui manque non seulement le début, mais la fin. Les derniers mots d'*Elle* n'apportent pas de réponse :

Je courrai depuis ce qu'il me semblait être une éternité. Les taxis m'évitaient, l'ombre me fuyait. Au détour d'une ruelle, je compris qu'il était trop

---

[13] Ibid.

25

tard ; je voyais déjà au loin le soleil se lever. J'entendis crier derrière moi : « C'est elle[14] ! »

Et en tout petit sur la dernière page, il est écrit : « à suivre ».

On peut dire sans crainte que Debreuil joue avec la frustration du lecteur. La fin en suspens du livre fait écho à sa propre carrière, brusquement interrompue. Pourtant, il se dégage de ce livre un sentiment de complétude (**de satisfaction** ?) : le jour se lève après une nuit omniprésente, l'histoire commence par « elle » et finit par « elle ». Certes, l'explication n'est pas claire, mais tout porte à croire que le livre tient sur lui-même. Il existerait par ailleurs certaines éditions du livre sans le fameux « à suivre » sur la dernière page. Erreur d'édition, jeu volontaire de l'autrice ? Difficile aujourd'hui de le savoir, mais cela n'empêche pas les spéculations.

Debreuil a souvent été qualifiée d'« incorrectement littéraire[15] », à la fois par ses détracteurs et par ses

---

[14] Ibid.

adorateurs. Il peut par conséquent sembler ironique de lui consacrer un mémoire de littérature, un travail cadré et approuvé par l'université alors qu'elle semble plus appartenir aux marges des livres. Pourtant, nous pensons qu'il serait intéressant de la mettre en avant, dans un cadre littéraire institutionnel, puisqu'elle reste encore injustement méconnue. En première partie, nous...

Nous étudierons.

Nous verrons.

Nous nous interrogerons.

Nous considérerons.

---

[15] Julienne Berade, « Une hypocrisie française », *Lire Aujourd'hui*, 2003, n°231.

Langages et codes[16]

Je suis allée voir le rabbin qui vit dans la ruelle près du Franprix. Ça m'a fait penser à Billie Lurk. Sale histoire. Le rabbin m'a accueillie avec des gâteaux et un thé. Il avait l'air surpris de me voir – compréhensible. Je n'ai pas perdu de temps :
« Vous connaissez l'histoire du feu et du récit ? »
Il se renfonce confortablement dans son fauteuil, en vrai Père Castor :
« On raconte que le Bal Shem Tov... »
Je lève la main, autoritaire.
« Je la connais déjà. »
Il est éberlué ; on ne lui avait sans doute jamais fait ça.
« Est-ce que vous savez si cette histoire a une autre fin ?
- Quel genre de fin ?
- Une où raconter l'histoire ne suffit pas. »
Le rabbin réfléchit. Puis il frappe dans ses mains, saisi d'une illumination :
« Je me souviens d'une étude d'un collègue, je crois, à moins que ce ne soit... bref, une étude qui expliquait qu'en hébreu, en additionnant la somme des lettres de la dernière phrase, on arrivait à une conclusion toute différente, mais je ne sais plus laquelle... »
Il fouille dans tout son bureau, dans toute sa bibliothèque, il retourne les papiers sur son bureau. Mais il ne parvient pas à retrouver l'étude.

Jeanne Debreuil, *Elle.*

~~Sanstitre notrehistoire larupture~~ sarah.doc

Date : février 2015 (le 15 ? Le 16 ? milieu du mois en tout cas)

« J'ai trouvé des bulletins de quand j'étais au lycée ! »

---

[16] Le feu.

Sarah avait toujours aimé fouiller dans des boîtes, des albums photos, remonter le temps sur Facebook pour revenir à quoi ? L'origine, le début de quelque chose. Pour voir, dit-elle, pour voir combien nous avons changé, pour tenter d'observer, de comprendre ce « mystérieux miracle qui s'appelle grandir », citant un calendrier des plus belles phrases d'écrivains que nous avions vu à la Fnac hier, décoré avec des photographies de cascades et de montagnes. Elle le citait avec un sourire en coin, car nous avions ri dix bonnes minutes en lisant des phrases de plus en plus vides et banales plus les mois défilaient, nous avions ri avec un peu de mépris parce que nous savions que nous écrivions mieux.

Je crachais sur le passé de toutes mes forces mais je me penchai sur le papier qu'elle me montrait, prétendant oublier qu'elle m'avait initialement invitée pour travailler ensemble sur un devoir sur Sophocle en retard.

« Du potentiel mais beaucoup trop bavarde » ; « Sarah a des capacités qu'elle n'exploite pas suffisamment » ; « Un sérieux manque de travail, dommage car Sarah pourrait être motrice pour la classe ». Par réflexe, je cherchai le commentaire de la prof de Français, le seul qui m'importait au lycée. Sarah lit l'appréciation à voix haute tandis que je la découvrais :

« Un ensemble à parfaire. Sarah a une vraie sensibilité littéraire mais elle n'a pas encore acquis la méthodologie. Son travail manque de rigueur et elle ne semble pas avoir saisi les enjeux de la matière. Il faut se mettre au travail ! »

Sarah traça un cercle avec son doigt sur la feuille.

« Sensibilité littéraire ! Regarde ! »

Et elle repartit, prit un bulletin de l'année d'avant puis encore avant. Autres profs de français, même constat : Sarah n'est « pas assez rigoureuse » selon Mme Chavoin, ce qui la « dessert pour produire des analyses approfondies » regrettait M. Ludois. Elle doit « fournir des efforts plus réguliers » conseillait Mme Berino, si elle souhaite « atteindre l'excellence », rêvait Mme Armand. Tous s'accordaient à dire que Sarah possédait…

« Une sensibilité littéraire ! Ils te disaient ça, toi aussi ? »

Je n'avais pas ouvert mes bulletins depuis le jour où j'avais dû les scanner pour les envoyer à la fac. Je répondis :

« Je ne sais pas. Je crois…

- C'est sûr, c'est ta mère qui écrivait ton appréciation. "Nathalie est une élève sérieuse, dotée d'une belle sensibilité littéraire. Son travail est régulier. Elle a bien saisi les enjeux de la matière et la méthodologie est comprise. Cependant, la participation reste insuffisante. C'est dommage, car elle pourrait apporter beaucoup au cours. Elle…"»

Je la poussai sur le lit pour la faire taire : Sarah avait pris ce ton de prof de français désapprobateur et à l'entendre, j'aurais presque pu croire qu'elle avait assisté à tous mes conseils de classe. Elle rit, se débattit sans y mettre beaucoup de force, je l'embrassai et je finis par admettre :

« Un truc du genre.

- Mais qu'est-ce que ça veut dire ? Qu'est-ce qu'ils veulent dire ?

- Que tu n'as pas suffisamment acquis la méthodologie du commentaire ?

- Cette connasse...»

Incapable de rester dans mes bras plus de cinq minutes, elle se releva, posa les pieds au sol et grimaça quand il grinça en jetant un œil inquiet vers le mur qu'elle partageait avec son voisin de palier. Elle glissa, plus pour elle que pour moi :

« Il travaille à cette heure-là.»

Et rassérénée, elle reprit ses bulletins qu'elle agita devant moi, espérant peut-être en faire tomber les appréciations négatives :

« Je l'avais apprise par cœur cette putain de méthodologie ! Et j'ai eu seize au bac donc elle peut vraiment aller se faire...»

Elle se censura elle-même, dans un relent de féminisme :

« Bref. La sensibilité littéraire. Quelle arnaque ! On avait comparé nos copies avec mes copines – nos copies avec mes copines, c'est drôle, c'est quoi déjà ? Une assonance ? Une allitération ? Je confonds toujours.

- Les deux. Une assonance, c'est une répétition de voyelles et une allitération, une répétition de consonnes. Et ici, c'est les deux, "COPIes", "COPInes."»

Ce ton docte, d'élève qui a «saisi les enjeux du cours» et «appliqué avec rigueur la méthodologie» que je pris spontanément, m'agaça, mais Sarah rebondit sans s'en soucier :

«Voilà ! On avait regardé les copies et certaines avaient une meilleure moyenne que moi mais pas de "sensibilité littéraire". Et d'autres oui. Et on ne savait pas pourquoi. On ne comprenait pas pourquoi. On ne voyait pas la différence entre nous.

- C'est un truc de prof qui ne veut pas se répéter dans ses appréciations. J'ai vu ma mère remplir des bulletins, elle copiait-collait la moitié de ses commentaires.

- Non, c'est trop facile.»

Elle croqua dans un cookie qui traînait dans une boîte ouverte sur la table basse et reprit, la bouche pleine :

« Les synonymes pour dire de mille manières différentes que je suis désordonnée dans mon travail et que je n'en fous pas une, je connais. Mais ça, ça revient.

- C'est une façon de te faire un compliment dans une appréciation globalement négative. Une façon de dire "t'en es capable cocote, bouge-toi" sans redire ce que les autres profs ont dit avant.

- Mais tu as déjà vu quelqu'un avoir une "sensibilité mathématique" ? Une "sensibilité sportive" ? Une "sensibilité historique" ?

- Une sensibilité artistique…

- Toujours du flou…»

Elle retomba sur le lit, se colla à moi. Ma main glissa sous son tee-shirt mais avant que je l'embrasse, elle ajouta :

« Un piège de prof de lettres. Tu vois ça sur ton bulletin et tu te dis que malgré tes notes de merde, tu es faite pour la littérature alors tu t'inscris à la fac et voilà. C'est comme ça qu'ils les recrutent.

- Ils ? Les ?

- Les futurs profs de lettres. Tu te fais piéger parce que tu penses que tu as un destin, que tu as une sensibilité et tu te retrouves à faire un mémoire sur la place des jupons dans *La Recherche du temps perdu.*

- On pensera au mémoire l'année prochaine...»

Elle n'ignorait pas ma main, au contraire, mais c'était comme si elle ne pouvait être pleinement avec moi tant que sa pensée n'était pas allée au bout de ce qu'elle devait dire, tant qu'elle n'avait pas mis un point final à sa conclusion (foutue méthodologie), tant que son idée n'avait pas été correctement développée :

« Tu fais ton mémoire, tu es extatique, tu as tout compris de la littérature, c'est vrai, tu as une sensibilité littéraire et tu te retrouves à faire des cours de grammaire devant des quatrièmes. C'est ça le piège.

- Tu te sens piégée ?

- Et toi ?

- Trop facile.»

Sarah m'embrassa et j'arrêtai de penser.

Sa main effleura

Je m'approchai

Elle soupira

Je lui touchai

Trente minutes plus tard, en bonne littéraire qu'elle était, elle marqua la fin de sa conclusion avec une ouverture.

Assise en tailleur sur le canapé-lit, ses yeux se perdaient sur ses étagères de livres, ses posters d'ABBA, « plus ils sont ringards, mieux c'est », ses assiettes disparates qui attendaient d'être nettoyées, sa pile de vêtements sales qui attendaient d'être lavés, la poubelle qui attendait d'être descendue, cet appartement qui attendait d'être propre et rangé mais qui n'avait pas attendu pour être imprégné de son odeur, porter ses maladresses et ses taches de sauce tomate sur les murs quand elle cuisinait « la fameuse recette de ma mère ».

Une lettre manuscrite que je lui avais écrite, au tout début de notre relation, scotchée au frigo, miraculeusement épargnée par la sauce tomate (« Tu devrais écrire plus, c'est tellement joli comment tu décris notre premier baiser. » disait-elle et je répondais, à chaque fois : « Je ne sais pas écrire sur autre chose que toi. »)

J'étais à l'entrée de sa chambre, émergeant de la salle de bains, en serviette seulement, mais elle ne me jeta pas un regard. À la place, elle posa enfin ses yeux sur son ordinateur qu'elle rapprocha d'elle et qu'elle sortit de sa veille. Elle tapait sur chaque touche avec le même doigt ; ce n'était pas la première fois que je m'en rendais compte mais cela me surprenait toujours :

« Tu sais que tu écrirais plus vite en utilisant tes deux mains ?

- Ne t'approche pas, tu es encore trempée. »

J'effleurai sa tête avec ma main mouillée, elle feula comme un chat. Je me penchai pour l'embrasser, elle sourit mais elle me repoussa pour me dire :

« J'ai reçu un message de ma mère, elle t'invite pour Pessah. Tu viendras ?

- Je te dirai. »

Elle sembla déçue mais retourna à son écran.

Sur internet, Sarah cherchait la liste des directeurs de mémoire potentiels. Sur le site de la fac, une petite liste s'afficha : chaque nom était accompagné d'une photographie de type CV et quelques informations sur les sujets abordés par ce professeur. Elle contempla quelques minutes ces visages, s'intéressant plus à l'éclat de leurs yeux qu'aux thématiques qu'ils abordaient. Je commentai certains d'entre eux, me basant plus sur des vagues on-dit que sur leurs spécialités « Colas est atroce, il a fait pleurer un élève en classe pendant son exposé », « Dumonier est sympa, mais très très brouillon, elle prend des élèves avec des sujets originaux et parfois ça passe, parfois ça casse » « Girard ne prend que les élèves qui travaillent d'une façon ou d'une autre sur Balzac » Elle ne m'écoutait pas et elle finit par m'interrompre, en se retournant vers moi :

« Tu penses au mémoire ?

- On est en L3.

- Et ?

- Oui, j'y pense. Pas le choix.

- Tu sais ce que tu vas faire ?

- Barbara... Proust... Pas le jupon ! »

J'attendis quelques secondes une réponse sarcastique qui ne vint pas. Sarah était pensive, trop pensive pour penser à être drôle. Je me sentis obligée de la relancer :

« Et toi ?

- Tu te souviens du colloque de mardi dernier ?

- Celui où je suis partie avant la fin ? Ouais.
- C'était bien. Enfin, la fin était bien.
- Quand je suis partie, donc. Très vexant.
- Tu sais que tu illumines chacune des salles poussiéreuses de cette fac. »

Je ris, elle rit, pour ne pas montrer que ce compliment me touchait plus qu'il ne devrait. Elle pointa une des photographies sur son ordinateur :

« Ce colloque… L'intervenante, c'était Nicole… Dussolier ?

- Dumonier. Celle qui est brouillonne et qui perd les copies de ses élèves et qui se trompent de classe quand elle fait ses cours.
- Génial.
- Tous les meilleurs profs sont cinglés.
- Ce sera moi quand je serai prof. Bref, elle parlait de cette autrice… Je l'ai notée. Marie… Non.
- C'était pas Jeanne ?
- Ah oui ! Jeanne… Jeanne Debreuil. »

21 septembre - mail de Nicole Dumonier

Chère Nathalie,

Je suis ravie de vous compter parmi mes étudiantes ce semestre : j'espère que cette année de M2 vous sera profitable et ne sera que le début d'une longue carrière littéraire. Pour donner suite à notre discussion de vendredi, c'est avec plaisir que je serai votre directrice de mémoire. Je joins à ce mail la bibliographie que je vous ai conseillée pour approfondir votre réflexion. Vous n'avez pas un sujet facile, mais j'ai pleinement confiance en vos capacités : je vous ai déjà dit qu'un tel sujet pouvait aisément se poursuivre dans une thèse si d'aventure vous vous lanciez dans un doctorat.

Merci pour ce début d'introduction : n'hésitez pas à venir discuter du plan si cela vous pose encore un problème.

Mais ne précipitons pas les choses : cette année sera par bien des façons exceptionnelle. Vous ne serez pas la seule à travailler sur Jeanne Debreuil : Sarah Azuelos, que vous connaissez certainement, a également choisi de consacrer son mémoire à son œuvre. Néanmoins, son approche est si différente de la vôtre qu'il me semblait intéressant de vous réunir. Je lui ai donné votre mail, elle vous en parlera plus en détail. Voici le sien : sarah.azuelos@u-paris11.fr

Je vous l'ai déjà dit vendredi, mais je vous le rappelle encore par écrit :

À la fin du premier semestre de l'année 2016/2017, je dois vous mettre une note sur l'avancée de votre travail : j'exige pour mes étudiants une trentaine de pages, comprenant l'introduction et un début de partie.

Je vous rappelle également que vous devez assister à au moins vingt-quatre heures de colloque ce semestre et m'en faire le compte rendu. Dans l'idéal, il faudrait que ces colloques aient un lien avec votre sujet mais je peux tolérer des rapprochements plus hasardeux, en cas de nécessité.

Enfin, votre approche sur l'œuvre de Debreuil, bien qu'encore imprécise, m'a fait penser à un livre de Giorgio Manganelli, *Le Marécage définitif*. Je vous conseille d'y jeter un œil.

Jeanne Debreuil est un auteur qui n'est pas toujours facile à appréhender mais le jeu en vaut la chandelle. Bon courage !

Bien à vous,

Nicole Dumonier

journaldememoire.doc

NOTE SUR *ELLE* : Tous les chapitres sont plus ou moins de la même taille, mais c'est peut-être le plus ou le moins qui fait la différence.

Liste des chapitres par nombre de mots

Chapitre 2

Chapitre 3

Chapitre 15

Chapitre 1

Chapitre 4

Chapitre 6

Chapitre 7

Chapitre 8

Chapitre 5

Chapitre 9

Chapitre 13

Chapitre 10

Chapitre 11

Chapitre 12

J'ai presque fini mon introduction sur Debreuil, mais je tâtonne encore sur le plan. Je ne sais pas si j'ai trop à dire, ou pas assez à dire sur le sujet, mais dans tous les cas, c'est un enfer à mettre en forme. Comment faire un plan si je ne comprends rien au livre ? *Elle* est une torture à lire.

Quelle belle façon d'inaugurer ce journal de mémoire qu'en se plaignant sur l'autrice que j'ai choisie. Mais c'est un peu pour ça que j'ai décidé de faire un journal de mémoire : pour me plaindre. À qui d'autre sinon ? Plus à Sarah, pas à ma mère, certainement pas à Nicole Dumonier. Et surtout, il y a trois jours, Louise, une des élèves avec moi en « Littérature du XXe siècle : de l'autobiographie à l'autofiction » a critiqué les journaux de mémoire : le cours porte sur *Si le grain ne meurt* de Gide (quelle joie de devoir le lire alors que je peine déjà à finir tous les romans de Debreuil) et on a commencé par une introduction plus générale sur l'autobiographie, l'autofiction, les journaux intimes... Et qu'est-ce que demande Louise, alors que le professeur vante les mérites des journaux de mémoire ?

« Mais l'écriture du soi nous met forcément à distance de nous-mêmes, donc avec un journal de mémoire, en s'autonarrant, on se perd ? Est-ce qu'on ne prend pas le risque de tomber dans un délire narcissique ? »

Question ou demande d'attention, je ne sais pas (encore que son regard satisfait face au silence qui a répondu à sa question me donne un indice) mais Sarah a souri devant l'air décontenancé du prof puis a essayé de croiser mon regard : elle sait que je ne supporte pas les questions de Louise, ces fausses questions qui sont de vraies interventions pour que tout le monde se dise « Intéressant ! ».

Je l'ai ignorée et j'ai ouvert un document Word, intitulé « Journal de mémoire ».

NOTE SUR *ELLE* : Liste des personnages par ordre d'apparition
Elle
La narratrice
L'homme au chapeau gris
Billie Lurk
Le premier rabbin
La fille du deuxième étage
La logeuse

La sœur de Jojo
Le deuxième rabbin
L'étudiante en littérature du XVIème siècle
Le député socialiste
La mère de Jojo
Le député socialiste, mais plus radical que l'autre député socialiste
Le député socialiste, mais qui a fait son propre mouvement
La députée communiste
Le troisième rabbin
Le cousin par alliance de Jojo
Le policier corrompu
Le policier qui lutte contre la corruption
L'agent du FBI
Le fossoyeur qui travaille au cimetière où est enterré Jojo
Le kabbaliste
L'homme qui est mort avant d'avoir pu donner le nom de l'assassin
L'homme qui a tué l'homme qui est mort avant d'avoir pu donner le nom de l'assassin
L'homme qui a donné un alibi concernant l'assassinat de Elle pour l'homme qui a tué l'homme qui est mort avant d'avoir pu donner le nom de l'assassin
Le chauffeur de taxi
La chanteuse de variété

Le dernier rabbin
L'ancien athée qui a retrouvé la foi après avoir
échappé de la mort de justesse il y a cinq ans dans
un accident sur le mont Everest
La voix qui crie « C'est elle ! »

J'ai toujours voulu tenir un journal. Depuis le collège, je traîne des carnets avec des débuts de journaux intimes, une première entrée enthousiaste et puis, plus rien pendant des mois entiers. Je n'ai jamais réussi à aller jusqu'au bout : le plus souvent, j'écris des bouts de ma vie avec beaucoup de détails, et puis j'oublie. Pas de raison de croire que ce journal sera différent mais au moins, il me servira à copier-coller les articles que je trouve, mes brouillons, tout ce qui n'apparaîtra pas dans la version finale de mon mémoire.

Un « délire narcissique » – incroyable. Qu'est-ce qui n'est pas narcissique dans la littérature ? Ce n'est pas parce que je supprime la première personne de mes analyses qu'elles ne viennent pas de moi, et ce sera mon nom sur mon mémoire. Et qu'est-ce qui ne tient pas du délire quand ~~j'ai envoyé~~ j'envoyai (le passé simple sonne mieux) en y mettant toutes les formes nécessaires mon projet de mémoire à ma professeure de littérature contemporaine, qui me redirigea vers mon professeur du XXe siècle, qui m'amena à prendre rendez-vous auprès du professeur de littérature métatextuelle, qui me conseilla d'aller voir ma professeure de littérature contemporaine, pour qu'elle accepte enfin mon projet de mémoire, après qu'il a été retravaillé cinq fois par cinq professeurs différents, pour dire sensiblement la même chose ?

NOTE SUR *ELLE* : Est-ce que je devrais compter le nombre de pages ? Le nombre de mots par pages ? Le nombre de mots par chapitre ? Est-ce qu'il y a vraiment des auteurs qui s'amusent à ce genre de calculs ? Tout est possible avec Debreuil.

Dieu est un auteur de télénovela et nous sommes les personnages principaux : quand ma directrice me dit qu'elle hésite néanmoins à superviser mon travail parce qu'entretemps, une autre élève a choisi également de travailler sur Jeanne Debreuil, et que cette autre élève, c'est Sarah elle-même, difficile de ne pas croire au destin.

Je ne peux pas vraiment blâmer Sarah. Elle a essayé de me contacter ces derniers mois mais je l'ai ignorée.

J'aurais dû me douter qu'elle prendrait Debreuil et avant qu'on ne se quitte, je ne lui avais pas dit qu'elle m'intéressait aussi. Elle ne pouvait pas se douter qu'on ferait le même sujet. Les grands esprits se rencontrent etc., les idiotes aussi.

C'est surprenant que Dumonier ait tout de même accepté de nous suivre toutes les deux. Mais en même temps, de tous les professeurs de l'université, c'est la seule qui aurait pu faire quelque chose de ce genre. C'est un peu pour ça que je suis allée la voir et je suppose c'est pareil pour Sarah : Dumonier est la spécialiste des mauvaises idées, des mémoires qui semblent n'aller nulle part sur le papier mais qui se révèlent être novateurs, inspirants, brillants etc. Il y a trois ans, elle a supervisé une étude sur le lyrisme chez Barbara mis en parallèle avec la violence de la beauté chez David Lynch. Un an plus tard, un de ses élèves a écrit une longue analyse sur l'impuissance sexuelle de Proust comme moteur de la Recherche. L'année dernière, elle a autorisé un de ses étudiants à organiser un colloque centré sur Antoine Volodine, où ce dernier a incarné tous ses différents hétéronymes, de 9 heures à 17 heures.

Avoir deux étudiantes travaillant sur la même autrice la même année, ce n'est rien sinon une opportunité pour « croiser vos différents regards sur une œuvre si riche », comme elle m'a dit après avoir finalement accepté de me suivre.

Je ne sais pas quel est l'angle de Sarah sur Debreuil ; je présume que Dumonier nous a prises toutes les deux car nos sujets étaient assez différents.

NOTE SUR *ELLE* : <u>Liste d'événements cités dans des conversations avec les autres personnages (liste non exhaustive)</u>

Le braquage du 3 septembre

L'interminable noël

L'affaire Billy Watson

Le 3 juillet

Le 10 août

Le jour où tout a basculé

Le meurtre du commissaire

La crucifixion d'un homme inconnu

L'arrestation de Jane-les-yeux-noirs

L'autre crime

Le kidnapping de la bijoutière de la rue Broca

L'accident du mont Everest

Le mariage de la cousine de Jojo

L'incendie du cabaret en face du café des sports

L'enterrement de Jojo

La révélation des tables de la Loi

La conférence tristement célèbre du fameux archéologue

L'incident de la maison abandonnée, un 31 octobre.

Ce n'est pas très productif mais je ne peux pas m'empêcher de me demander à quoi ressemble sa problématique. Peut-être va-t-elle faire ce que j'avais moi-même envisagé avant d'abandonner, analyser Debreuil en la rapprochant d'autres grands auteurs du XXème, style Proust, en l'incluant dans une tradition romanesque, en interrogeant sa place dans l'Histoire littéraire. C'est une approche intéressante mais qui n'a pas de sens selon moi. Comment situer Debreuil dans le temps quand on ne sait même pas quand elle a écrit exactement ses livres, quand on ne connaît même pas son âge ?

J'allais écrire « Je n'ai fait ce journal de mémoire pour parler de Sarah » mais à vrai dire, je ne sais pas vraiment à quoi sert un journal de mémoire. La première chose que j'ai faite, c'est râler : c'est un exutoire comme un autre, j'imagine. Mais autant l'utiliser aussi pour écrire mes théories sur Debreuil, mes questions, les analyses que je ne suis pas certaine de mettre dans mon mémoire.

D'abord, la problématique. J'avais dit à Dumonier que je m'intéressais à la figure de Debreuil et le mythe qu'elle crée autour d'elle-même et de ses livres, que son pseudonyme et son absence des médias sont partie intégrante de ses livres. Elle m'avait répondu que c'était intéressant mais qu'il fallait que je creuse. J'ai une pelle, à savoir mon ordinateur et *Elle* posé sur mon bureau ; allons-y.

J'étudie Debreuil comme hors du temps mais pas hors du sens : elle doit vouloir dire quelque chose. Ma solution, pour l'instant, c'est de catégoriser le plus possible l'ouvrage : nombre de mots par chapitre, nombre de chapitres, nombre de personnages, tous les noms, tous les lieux évoqués etc., en espérant que le sens me saute aux yeux.

Ce que je remarque pour l'instant, ce sont les différents nombres que je trouve. Il n'y a aucune cohérence numérique, comme si cela importait peu pour elle. Évidemment, une autre interprétation serait que justement, elle a tout fait pour que ces nombres soient tous différents les uns des autres, formant en quelques sortes une combinaison, que tout le monde pourrait trouver avec un peu de patience, mais ouvrant un cadenas qu'elle seule connaît. Il y a évidemment cette possibilité, et elle devient encore plus vertigineuse si on considère tous ses romans comme d'autres combinaisons avec tout autant de coffres derrière, menant enfin à un seul coffre, peut-être ?

Sarah m'a déjà envoyé un mail.

28 septembre - Mail de Sarah

Nathalie,

J'ai mille questions sur ton travail sur Debreuil, mille questions sur le fait que TU travailles sur Debreuil alors que je travaille déjà sur elle.

Jusqu'au bout, on n'aura pas su communiquer, visiblement. Qu'est-ce que ça t'aurait coûté de me prévenir ? Tu savais que Debreuil m'intéressait, tu aurais pu au moins me demander ce que j'en pensais. Ou peut-être que tu ne m'écoutais pas, la dernière fois qu'on s'est parlé ?

Je ne sais pas si Dumonier t'a bien fait comprendre à quel point cette situation est rare ? Du moins pour elle. Au minimum, nous pourrions avoir deux directeurs de mémoire différents mais non ! Elle a jugé que nos deux projets étaient suffisamment éloignés pour être menés en même temps. « Deux approches, un auteur ! » comme elle m'a dit. On dirait un slogan de promotion, une autrice, deux mémoires offerts. Quelle chance !

Honnêtement, je ne m'attends pas à ce que tu me répondes, mais tu sais combien j'aime parler, même dans le vide. Et si ce vide, c'est toi, c'est encore mieux. Peut-être que j'ai encore des choses à te dire et si ce mémoire doit être un prétexte pour te reparler, c'est comme ça.

Pour l'instant, Dumonier m'a demandé de te passer mon titre et mon sujet résumé en quelques lignes (une torture). Ce sera : « Jeanne Debreuil : parodie métatextuelle de la langue ». Je vais parler de ce que représente Debreuil pour moi : un jeu constant avec le langage. Elle se joue du langage, elle s'en méfie, d'où ce manque de sens volontaire, à la manière des surréalistes. Je pense aussi la rapprocher de Novarina et sans doute d'autres auteurs et autrices de ce genre mais je n'ai pas fini mes recherches.

Et toi ? Aussi, j'ai encore ton Genette chez moi.

Sarah

PS : As-tu enfin pris un rendez-vous avec un rabbin ?

journaldememoire.doc

Quand j'ai commencé à travailler sur *Elle*, je ne m'attendais pas à ce que le livre me rappelle constamment mon inhabilité à taper un numéro de téléphone pour appeler une synagogue depuis plus de deux ans.

Pour revenir à *Elle* :

Il y a quinze chapitres, tous plus ou moins de la même épaisseur – leurs tailles ne diffèrent que de quelques mots. Le huitième, au centre de l'ouvrage, n'a rien de particulier. La liste des personnages ne m'apprend rien, au contraire, l'histoire, si on peut appeler cela une histoire, me paraît encore plus absurde.

Je n'ai pas l'impression d'y voir plus clair. Plus je décortique le livre, plus je m'enfonce. De moins en moins il m'apparaît comme un livre, mais comme un ensemble de codes et de mots piégés. J'en deviens paranoïaque ; si je continue comme ça, je vais commencer à compter les virgules. Heureusement que j'ai cours (je ne pensais pas écrire ça un jour) pour penser à autre chose.

Cours de « Littérature et philosophie », Sarah fait un exposé et

sarah.doc

Date : 2 octobre 2016.

Sarah **débute/débuta** la session des exposés en « Littérature et philosophie ». Elle avait passé tous les autres cours depuis la rentrée à essayer de croiser mon regard, mais là, elle ne me regardait pas. Elle regardait toute la classe sauf moi.

« Mon exposé porte sur la littérature libertine au XVIIIe siècle et en particulier sur un roman anonyme qui s'appelle *Mémoire d'une Parisienne*. »

Cela m'irrita mais peut-être voulait-elle m'épargner. Ou s'épargner.

« Nous sommes avant la Révolution française, mais les idées révolutionnaires sont déjà bien présentes chez certains auteurs et la liberté sexuelle va de pair avec la liberté politique. »

Notre professeur hochait la tête, attentif. Le reste de la classe dormait. Personne n'écoutait pendant les exposés.

J'étais la seule qui écoutait, et j'étais la seule qu'elle ne regardait pas. Aurais-je pu brûler sa peau en fixant son cou avec intensité, aurais-je pu lui tirer les cheveux en me tordant les mains sous la table ?

Non. Ce n'était pas ce que je voulais faire.

Son regard me survola un quart de seconde, pour fixer un point derrière moi, et je baissai les yeux.

« … Nous avons par exemple dans ce roman libertin très populaire le personnage de la Renarde, un pseudonyme évidemment mais qui accompagne une personnalité maline et sournoise. Peut-on parler de féminisme, malgré l'époque ? Eh bien… »

Je relevai les yeux. Sarah était penchée sur son ordinateur : sur l'écran, un dessin du XVIIIème représentant deux femmes s'enlaçant s'afficha.

« La Renarde revendique d'avoir des relations aussi bien avec les hommes que les femmes, et si l'ouvrage est visiblement à destination des hommes, certains de ses discours tendent à nous faire croire que l'auteur défend là quelques convictions progressistes. »

Ses yeux se posèrent quelques secondes sur moi et je ne baissai pas les miens. Quelques secondes, et ils étaient repartis, impassibles, mais sa bouche la trahit :

« La Renarde revendique une… une tonne d'amants. »

Le professeur fronça les sourcils et Sarah se reprit immédiatement :

« La Renarde a beaucoup d'amants. »

Les mains tremblantes, j'ouvrai mon mémoire : à tout prix me concentrer sur autre chose, pour ne plus avoir à l'entendre.

Heureusement, Yseult (Sujet : « L'innocence comme un impératif : le rôle de l'enfance chez Jacques Prévert ») posa une question :

« Le livre est anonyme parce qu'on a perdu le nom de l'auteur ou parce qu'il a choisi de ne pas signer son livre ? »

Et Sarah de reprendre :

« Nous ne pouvons pas savoir avec certitude ; cependant, il est probable qu'il ou elle ait choisi de rester anonyme, par peur de la censure. Le livre se permet de critiquer la monarchie, en comparant la figure royale au tenancier d'une maison close et la cour à des filles de joie. Évidemment, Louis XV n'est pas directement cité mais quelques éléments, comme les fleurs de Lys sur les draps, une parodie de couronne en papier… L'anonymat était un choix plus sûr. Également, si je peux me permettre de faire écho à mon propre mémoire, qui porte sur Jeanne Debreuil… L'anonymat nous force à considérer l'œuvre de façon neutre, si j'ose dire. Peut-être que c'est une autrice (quelques roulements de yeux dans l'assistance) derrière *Mémoire d'une Parisienne*, peut-être que c'est un homme, peut-être que ce sont plusieurs personnes. Comme l'écrit Roland Barthes...» Le regard du professeur dit tout : c'était gagné. Les yeux de Sarah m'effleurèrent, avant de poursuivre : «... La mort de l'auteur, c'est la naissance du lecteur. C'est un ouvrage qui veut nous faire réfléchir et nous avons la liberté de réfléchir sans penser à ce que l'auteur a voulu nous dire. Pour conclure...»

Je replongeai dans mon mémoire.

journaldememoire.doc

Fiche de lecture sur *Le Marécage définitif*.

Première remarque, certes peu utile : je ne l'ai pas encore fini.

Deuxième remarque : j'ai tellement de mal à le lire que j'envisage de ne pas le finir.

Troisième remarque : sur la fiche de prêt, il y avait le nom de Sarah et seulement le sien. Dumonier doit conseiller les mêmes livres à tous ses étudiants. Voir son nom ne m'a pas particulièrement envie de continuer à lire ; cela fait plusieurs heures que je me retiens d'ouvrir sarah.doc pour écrire sans réfléchir.

Quatrième remarque : quel rapport y a-t-il entre ce livre et mon mémoire ? Et d'ailleurs, quel rapport entre ce livre et le mémoire de Sarah ? Entre ce livre et Jeanne Debreuil ? Est-ce que Dumonier a oublié sur quoi je travaillais ?

L'histoire commence par la fuite d'un homme, coupable dont on ne sait quel crime, condamné par on ne sait quelle ville. (Après réflexion, sa fuite dans cette ville et la description qui suit me fait penser à ces villes refuges décrites dans la Bible, ces villes où l'on pouvait aller après avoir commis un crime.) Un vieil homme étrange lui conseille de prendre un cheval et de s'enfoncer dans un marécage, dont personne ne revient. Notre personnage principal part sans se retourner : le voilà prisonnier consentant du marécage. Il finit par tomber sur une maison vide, au cœur du marécage, où il ne reste que des feuilles sur lesquelles sont écrits des symboles étranges. Il est seul, son imagination le fait créer des habitants au marécage, des scènes : des mirages. Et j'en suis à peu près là, à errer entre diverses hallucinations du personnage et je n'en peux plus.

Je me demande ce que Sarah en a pensé. Le livre est impeccable : elle est a toujours pris soin des ouvrages qu'elle emprunte.

Est-ce un avertissement de la part de Dumonier ? Je suis ce cavalier et son cheval, comme Don Quichotte et ses moulins à vent, perdue dans le marécage définitif, mais sans maison dans laquelle m'arrêter. Mon royaume est fait de notes dispersées sur plusieurs feuilles volantes, des ratures et des erreurs, des textes laissés par d'autres avant moi qui n'ont pas plus de sens. Personne ne comprend ce texte, et tout le monde prétend le contraire. Le nom du livre m'a frappée : *Le Marécage définitif*. Définitif. C'est traduit de l'italien, mais j'aime et craint tout à la fois la détermination qu'il s'en dégage. C'est un chemin sans retour.

Ce livre est plus intéressant à analyser qu'à lire. C'est peut-être ça que Dumonier a voulu me dire. Mais j'aime lire du Debreuil ; je ne prétends pas tout comprendre mais au moins, je ne m'ennuie pas. J'aime bien me perdre et sentir que l'auteur me cache des choses mais dans *Le Marécage définitif*, j'ai l'impression d'errer pour errer. Peut-être que tout prend sens dans les dernières pages mais je n'ai pas le courage de lire jusqu'au bout cette histoire.

Pourtant, il le faut bien. Sarah l'a fini, je présume. Est-ce une façon pour Dumonier de tester ses deux étudiantes ? Si je ne finis pas le livre, j'échouerai peut-être. À moins que ce ne soit un piège : il fallait deviner que ce bouquin n'avait strictement aucun rapport avec mon mémoire. Elle voulait tester mon esprit critique, vérifier que je ne dis pas « oui, oui » à tout ce qu'elle propose.

J'ai envie de le finir juste pour ça. Pour savoir ce que Sarah en a fait, de ce livre. Pour imaginer ce qu'elle a pu écrire dessus. On a écrit tellement de dissertations ensemble, d'exposés que je pourrais écrire son mémoire à sa place.

Déjà octobre. J'ai des travaux à rendre, un exposé à faire, des colloques auxquels assister et un mémoire sur lequel avancer. C'est ce que j'ai dit à ma mère quand elle m'a demandé pourquoi je ne revenais pas à la maison pour une semaine. Rien n'est faux, techniquement.

C'est déjà octobre. J'ai commencé à travailler sur ce mémoire en septembre et qu'est-ce que j'ai ? Une introduction. Un plan qui n'arrête pas de bouger. Des fiches de lecture. Des souvenirs.

C'est déjà octobre. Sarah vient de m'envoyer un mail me rappelant qu'elle a toujours mon Genette et qu'elle attend de connaître mon sujet. Nous sommes allées au même colloque hier et j'ai fait semblant de ne pas la voir : son mail le soir même ne m'a pas surprise. Elle est insistante et elle sait ce qu'elle veut. Nous nous ressemblons mais elle a toujours été pleine d'assurance alors que je le suis devenue à son contact. Si elle ne l'avait pas été, nous ne nous serions jamais parlé.

« Tu vis dans le

sarah.doc
Date : 1ᵉʳ octobre 2012
« Tu vis dans le coin ? »

Nous ne nous étions jamais parlé. Elle était dans ma classe de « Littérature et Média » en L1.

« Non. Je mets quarante minutes pour rentrer. » Et immédiatement, je me trouvai sèche, méfiante alors je rajoutai, plus amène : « Et toi ? »

Je ne savais plus comment elle s'appelait, quelque chose qui commençait par un S. Ou peut-être que je confondais. Dans les premiers cours, j'avais essayé de suivre les noms, me faire des amis. J'avais rapidement renoncé.

« Pareil. Tu prends le RER A ? »

J'avais dix-huit ans, un diplôme du baccalauréat non pas dans mes poches mais quelque part chez ma mère, et un seize mètre carré loué en banlieue.

Nous étions devant le bâtiment de littérature. Une fille de notre cours (Julie ? Amel ?) passa devant nous avec un des rares garçons de la licence (Jérémy), en riant aux éclats. Je lui avais proposé la semaine dernière d'aller prendre un café à la cafète – c'était exactement ce que j'avais dit « un café à la cafète » en grimaçant pour montrer que j'étais consciente de la répétition mais que je le faisais exprès – et elle m'avait dit poliment qu'elle devait rentrer chez elle rapidement. Vingt minutes plus tard, je l'avais vue à la cafétéria avec d'autres filles de notre classe.

« Jusqu'à Cergy. Et toi ? »

Elle me regardait sans me regarder. A posteriori, je crois que c'était de la timidité : elle fixait mon nez, ma bouche, jamais mes yeux.

« Sartrouville. C'est sur le chemin. »

Et ayant balancé ça, elle s'arrêta, comme si cela suffisait, comme si cela justifiait que nous prenions le train ensemble. Et visiblement, elle avait raison. C'était suffisant.

Nous attendîmes le RER ensemble, en s'échangeant des banalités sur nos appartements. Ses seize mètres carrés auraient pu être le mien et sa logeuse irascible valait bien mon logeur avare. Elle venait de l'Aveyron, je débarquais de l'Eure, je n'avais pas de frères et sœurs, elle était la plus jeune d'une famille de trois enfants, les métros parisiens me rendaient folle, elle me montra une application qu'elle avait téléchargée pour s'y retrouver.

Quand elle me demanda si l'Eure me manquait, mon « Non » qui tentait si fort de n'être rien mais qui trahissait par sa dureté tout ce que j'y mettais sembla ouvrir une porte en elle. « Pareil, pareil » dit-elle du coin de la bouche, sans y mettre plus de poids mais son sourire ensuite avait une teinte différente.

« Tu as dix-huit ans ? »

J'acquiesçai.

« J'ai encore dix-sept ans. Mon anniversaire est dans un mois. »

Une demande discrète : ne me laisse pas le fêter seule.

Ce n'est que quand elle arriva à son arrêt que je pensai à lui demander son prénom.

Le passé simple sonne mieux, en effet.

J'ai du mal à imaginer cette Sarah de dix-sept ans et onze mois, cette Nathalie de dix-huit ans et huit mois, du mal à croire que nous avions été des lycéennes puis des étudiantes en l'espace de quelques semaines, du mal à comprendre que j'avais pu être aussi jeune que ça et qu'on me laissait dans un RER A à dix-neuf heures vingt-deux ce premier octobre, seule avec une fille que je connaissais à peine.

J'avais écrit là-dessus, dans un de mes nombreux carnets inachevés : je l'ai retrouvé dans mon bureau la semaine dernière. J'écris que j'ai rencontré une fille « extraordinaire », avec des cheveux « ébène », des yeux « sombres comme la nuit », des clichés littéraires alors que Sarah mérite mieux que ça. Ses cheveux ne sont pas couleur d'ébène, ils brillent de leur obscurité. Elle a les cheveux noirs les plus lumineux que je connaisse. Ce n'est pas un noir qui est une absence de couleur, c'est un noir qui réunit toutes les couleurs, qui les fait danser entre elles, dans chacune de ses mèches. Ses yeux ne sont pas sombres comme la nuit, ils sont infinis, ils réfléchissent ce qu'ils voient et le métamorphosent. Quand Sarah me regarda, ce soir-là, elle me transforma.

Je n'arrive même pas à faire semblant de ne plus être amoureuse d'elle.

Bien entendu, je ne savais pas dire tout ça quand j'avais dix-huit ans. C'était la liberté, c'était terrifiant, c'était grisant et l'Eure ne me manquait pas parce que tout ce qui se déroulait avant, avant mon arrivée à la fac et même avant ma rencontre avec Sarah ne comptait pas ou plutôt n'existait pas. Ma vie commençait et j'avais sans doute lu trop de romans d'apprentissage au lycée mais je me sentais comme Rastignac au Père-Lachaise, oubliant que quand il s'écriait « A nous deux ! » en contemplant Paris, c'était la fin du roman.

Est-ce que j'aurais pu m'en douter ? Est-ce que j'aurais pu imaginer ? À réécrire mes souvenirs dans un document Word, ils deviennent des chapitres, où le destin des personnages semble tout tracé. Mais ça ne m'aide pas à comprendre.

La Sarah que je décris, la Sarah de mes souvenirs et la vraie Sarah sont trois Sarah différentes. C'est sans doute illusoire de croire que je pourrais les réunir avec un clavier mais toutes les trois me diraient sans doute qu'au moins, c'est thérapeutique.

3 octobre - Mail de Nicole Dumonier

Chère Nathalie,

J'espère que votre travail avance bien. Je vous rappelle qu'il faut me rendre une première étape dans quelques mois !

J'ai bien reçu votre retour sur *Le Marécage définitif* : je comprends vos réserves concernant l'utilité du livre. En effet, cela va dépendre de votre approche ! Je sais que Mme Azuelos l'a trouvé très pertinent : voici la preuve que vous ne faites pas le mémoire et c'est tant mieux !

Pour répondre à votre question, je crois qu'une brève analyse de cet ouvrage dans votre mémoire pourrait être intéressante : en me basant sur le dernier plan que vous m'avez donné, je vous conseillerais plutôt de l'insérer dans la première partie. Vous proposiez de l'utiliser comme transition entre la deuxième et la troisième partie mais je crains que cela ne détonne entre le ton beaucoup plus pragmatique de la deuxième partie et celui très conceptuel de la troisième. Évidemment, si vous avez changé de plan, n'oubliez pas de me tenir au courant.

Je dois avoir quelques articles sur *Le Marécage définitif* qui pourraient vous aider à appréhender cette œuvre. Je les ai normalement numérisés : dès que je les retrouve, je vous les envoie !

J'en profite pour vous rappeler que vous avez un exposé prévu dans mon cours : vous aviez un livre à choisir dans la liste que je vous avais donnée. Qu'avez-vous pris ? Si vous n'avez pas encore décidé, je vous suggère *La Maison des feuilles*, de Mark Z. Danielewski ; certains éléments de ce roman pourraient vous servir pour votre mémoire !

Bien à vous,

Nicole Dumonier

journaldemémoire.doc

Exposé sur *La Maison des feuilles*.

(Livre lu en quarante-huit heures, un nouveau record. Les élèves de ma classe au lycée pariaient sur le temps que je mettrais à finir les pavés donnés par la prof de français. Ma mère disait que je lisais mal, que je ne « digérais pas » les livres, que j'allais les oublier trois mois après. Elle n'avait pas tout à fait tort : je me souviens à peine des livres que j'ai lus entre mes douze et dix-huit ans. Je lisais pour lire.)

Dorian Gray peint l'angoisse en tableau, *La Maison des feuilles*[17] la peur en littérature. C'est un livre oppressant, par sa composition même : on est assailli par des centaines et des centaines de notes en bas de pages, des références souvent fausses, parfois presque vraies, d'histoires multiples et d'analyses. C'est l'enfer de la théorie, l'analyse qui s'analyse. L'histoire est fragmentée en notes, fragmentée dans les textes.

Johnny Errand, dont le nom nous fait immédiatement penser à « errance », avec son ami Lude, a découvert, dans l'appartement d'un vieil aveugle, un manuscrit. Par curiosité, il commence à le lire. Zampanò, le vieil homme en question, a consacré les derniers jours de sa vie à écrire une longue analyse d'un film, le *Navidson Record*. Le problème, c'est que personne n'a entendu parler de ce film : toutes ses sources sont fausses. Zampanò aurait-il fait l'analyse complète d'un film qui n'existe pas ?

Le *Navidson Record*, pour continuer cette explication en poupées russes, est un vrai/faux documentaire sur Navidson et sa famille emménageant dans une nouvelle

---

[17] Mark Z. Danielewski, Christophe Claro (trad.), *La Maison des feuilles*, Points, 2015.

maison. Ils se rendent rapidement compte que leur maison a une architecture étrange : elle crée des portes et des espaces là où il ne devrait y avoir que du vide. Nous découvrons cette histoire angoissante par la rigoureuse analyse de Zampanò, où il fait coexister analyses et narrations. La mise en page aide à créer un sentiment de claustrophobie chez le lecteur : certains passages particulièrement font cohabiter plusieurs paragraphes incompréhensibles :

Le regard du lecteur erre d'un texte à l'autre, tentant de tous les lire, brisant de fait ce qu'on peut considérer comme une lecture traditionnelle, tout du moins en Europe : ligne par ligne, de gauche à droite. En déstabilisant la lecture même, c'est le lecteur qui est atteint. *La Maison des feuilles* cherche à provoquer physiquement le lecteur, à l'image de son histoire, où les personnages sont fortement éprouvés, jetés dans tous les sens, blessés, psychologiquement mis à bout, rendus fous. La mise en page change selon les situations : quand Navidson est seul, perdu dans sa maison, les pages n'ont que quelques mots, représentant le vide dans lequel il se trouve. Mais souvent, la mise en page est claustrophobique.

Cette mise en page particulière n'est pas sans rappeler celle du Talmud : il s'agit d'y faire figurer sur une seule page l'extrait de la Torah étudié, les commentaires, les commentaires des commentaires et ainsi de suite. Hors de question d'angoisser un lecteur potentiel, cependant le texte s'adresse à d'autres érudits, d'autres initiés, des rabbins, des savants, au moins sachant lire et comprendre l'hébreu. Les études talmudiques peuvent être, même traduites en français, assez obscures au premier abord, bien que très révélatrices, mais il faut avant cela passer l'épreuve de la mise en page. Néanmoins, à partir du moment où l'on comprend comment elle fonctionne, cela devient plus clair, et même utile, tel le code de rangement d'une bibliothèque.

La différence entre le Talmud et *La Maison des feuilles*, c'est que le premier cherche à instruire autant qu'il le peut le lecteur. C'est une mine de savoir, alors que *La Maison des feuilles* cherche à piéger, faisant ainsi écho au texte, narrant l'histoire d'une maison qui telle une araignée, attrape et attire ses habitants au cœur de ses entrailles. On peut essayer de chercher chaque référence présente sur ces pages, suivre le raisonnement de Zampanò, tout ce qu'il cite, tout ce qu'il développe, mais contrairement au Talmud, c'est une recherche forcément frustrante : les références sont fausses, le film n'existe pas. Tout est mensonge. L'effort a été fait en vain. C'est peut-être là la plus grande réussite de l'ouvrage, faire croire à son lecteur par des artifices analytiques que quelque chose de très intelligent se cache au cœur de ses feuilles, un secret, une raison, une « tâche dans le tapis », pour citer Henry James.

Seule demeure l'angoisse, le monstre, le secret de la maison qui erre au cœur de la maison, au cœur même des pages du livre. Tout est peut-être faux, mais cela n'empêche en rien les sentiments de demeurer, une juste métaphore de la littérature. Si l'on considère, comme Zampanò lui-même l'envisage, que l'enfer labyrinthique de la maison se conditionne aux angoisses de ses personnages, la propre quête du lecteur, se perdant entre les pages du livre, ne fait pas exception.

(Pas de conclusion ? Pas d'intro vraiment non plus. Dumonier va me tailler si je n'en fais pas une.

Je déteste conclure. Ce n'était pas exactement ce qui m'était reproché dans mes appréciations mais presque :

Nathalie doit faire attention à ne pas bâcler son travail.

Mes conclusions étaient toujours rédigées dans les quinze dernières minutes de l'épreuve, auraient-elles pu être autre chose que bâclées ? Je n'avais pas le temps. J'ai toujours fini mes copies à la dernière minute.

Ma mère, pour m'aider, me ressortait les méthodologies qu'elle donnait à ses propres élèves :

« Tu peux écrire la conclusion sur ton brouillon juste après avoir écrit l'introduction. C'est même mieux car comme ça, tu seras sûre que ta conclusion répondra bien à la problématique. Juste avant de rendre ta copie, tu réécris la conclusion.

- Mais si ma conclusion ne marche plus, deux heures après l'avoir faite ? Si elle n'a rien à voir avec mon analyse, avec ma copie double ?

- C'était une mauvaise conclusion. Ou une mauvaise analyse. Dans tous les cas, recopie-la quand même, c'est mieux que de ne rien laisser. Tu gagnes des points sur la méthodologie. »

Ce n'était pas si grave, que mes conclusions ne soient pas parfaites. J'avais quand même des bonnes notes et ma mère n'était pas vraiment inquiète. Mais lui demander de m'aider, cela la forçait à faire des phrases de plus de trois mots, à sortir des vieux manuels que mon grand-père utilisait. Elle aimait bien les méthodes à l'ancienne et elle aimait bien être obligée de me les expliquer. Ma mère ne m'a jamais lu d'histoires pour m'endormir ; elle m'expliquait la méthodologie du commentaire de texte.)

8 octobre - Mail à Nicole Dumonier

Bonjour,

J'ai choisi *La Maison des feuilles*, comme vous l'aviez suggéré, ~~avec un peu de retard. Je suis navrée néanmoins Je suis cependant navrée~~. Mon exposé est le

10 octobre malheureusement, je viens de me rendre compte que je ne pourrais pas être là ce jour-là ~~parce que j'ai pris trop de retard~~ pour raisons personnelles. Serait-il possible de le décaler au 17 octobre ? Mon exposé est déjà prêt, je vous l'envoie en pièce jointe ~~en gage de bonne foi (qu'est-ce que tu veux envoyer, c'est un brouillon)~~

Je suis navrée de vous avertir si tardivement.

~~Très bonne journée~~

~~Avec mes respectueuses~~

~~Bien à vous,~~

Cordialement,

Nathalie Agnese

sarah.doc

Date : fin septembre 2013.

Sarah ne me parla de sa judéité qu'en début de L2. Pour être honnête, ce n'est pas comme si je m'étais énormément confiée non plus. Nous nous connaissions depuis un an et à peine avais-je mentionné que ma mère était prof de français. Je savais que ses parents étaient divorcés, qu'elle avait deux frères plus jeunes, qu'elle aussi avait surtout vécu avec sa mère mais qu'elle voyait son père régulièrement.

Je n'avais jamais parlé de mon père ce qui en soi était déjà un aveu. Mais c'était « moi » : je ne parlais pas de moi, j'étais une « huître » pour citer une amie de Sarah, une fille qui était en socio – Sarah a toujours eu des amis dans tous les départements. Quand cette fille m'avait dit que j'étais une huître, j'avais essayé d'être drôle, j'avais cité Francis Ponge, mal en plus, en disant que je le prenais comme un compliment. Elle avait haussé un sourcil et n'avait rien dit de plus.

Ce n'était pas un compliment, d'être comparée à une huître, mais Sarah me disait de ne pas s'en soucier. Ce n'est pas comme si je voyais beaucoup ses amis ou qu'ils m'empêchaient d'être avec Sarah. Parfois, elle mangeait avec eux, parfois je les rejoignais pour ne rien dire pendant quarante-cinq minutes, parfois je mangeais seule en prétextant que j'avais quelque chose d'autre à faire. Parfois, une personne souriait avec gentillesse à une phrase que j'avais dite, et c'était peut-être sincère ou peut-être par pitié.

Quand j'étais au lycée, je n'avais pas d'amis, des connaissances au mieux ; pourquoi cela aurait changé à la fac ? Être seule ne m'avait jamais dérangée : si j'essayais de parler aux autres, c'était pour faire « comme tout le monde ». Aujourd'hui encore, je me demande ce que Sarah a bien pu voir en moi.

Ma solitude m'importait finalement peu car la plupart de mes soirées étaient avec Sarah et seulement avec Sarah. Elle était sociable mais elle avait besoin de silence, silence qu'elle comblait certes en parlant, parlant, parlant mais tant mieux : c'était la seule dont le bruit ne me dérangeait pas. Nous ne nous étions même pas embrassées, nous n'avions même pas parlé de nos vies sentimentales (vide de mon côté, nébuleuse du côté de Sarah) mais nous avions déjà une routine, que les vacances d'été entre la L1 et la L2 n'avaient pas abîmée : nous reprîmes nos habitudes dès la rentrée.

Pour quelqu'un d'aussi bavard, Sarah ne parlait pas tant d'elle-même : elle parlait de sa journée, elle parlait d'un scandale sur une célébrité qu'elle avait vu sur internet, elle parlait d'un podcast qu'elle avait écouté, elle parlait d'une phrase que je lui avais dite et qu'elle avait trouvée intéressante mais avec laquelle elle n'était pas d'accord. Elle parlait des heures entières, jamais d'elle ; c'étaient des réactions, des instantanés de son cerveau, de l'écume qu'elle partageait.

Puis un jour, dans un café, après un colloque passionnant sur la place de Roberto Bolaño dans la littérature chilienne, d'autant plus passionnant que nous n'avions lu aucun livre de Roberto Bolaño, elle me dit, son thé vert à la main et sur le point de mordre dans un donut au chocolat :

« Un colloque, c'est un peu comme un office dans une synagogue. »

Et elle mordit dans son donut. J'attendis qu'elle ait fini pour demander :

« Pourquoi ?

- Oui, c'est... Je ne t'ai pas dit que j'étais juive ?

- Tu t'appelles Sarah Azuelos, j'avais deviné.

- Yseult m'a demandé si j'étais espagnole. »

Il y eut comme une ombre dans ses yeux :

« C'est drôle, je ne l'ai pas détrompée. C'est stupide. Comme tu dis, c'est devinable.

- Tu penses qu'elle aurait...

- Non, non, enfin, je n'en sais rien. Mes parents m'ont toujours dit de faire attention.

- Mon grand-père... Ce n'est peut-être pas comparable mais mon grand-père était juif. »

Je ne savais pas où j'allais avec ça, en quoi cela devait être un quelconque réconfort mais Sarah sourit :

« Tu t'appelles Nathalie Agnese.

- C'est le nom de mon père. Je ne suis pas fan mais... Ma mère et moi n'avons pas le même nom de famille. C'était pratique quand j'étais élève dans le lycée où elle travaillait, personne ne savait que j'étais sa fille. »

Le poignard dans les yeux de ma mère quand elle recevait mes bulletins avec « Nathalie AGNESE » écrit en gros. La mère d'une de mes rares amies en primaire, la saluant : « Bonjour Mme Agnese » et le silence en retour, suffisant pour faire blêmir la malheureuse.

« Le nom de ma mère, c'est Strauss. Je crois que mon grand-père venait d'Alsace.

- Tu es pratiquante ?

- Non. Ma mère a été baptisée. »

Tout ce que je racontais à Sarah, je l'avais appris à quinze ans, par pur hasard, en tombant sur des cartons d'affaires de mon grand-père, en cherchant la grammaire qu'il utilisait pour ses cours. Chaque information le concernant, concernant ma grand-mère, concernant ma famille en général, sortait du bout des lèvres de ma mère. Un jour, j'arrêtai de demander.

« Et toi ? Tu es pratiquante ?

- Oui, plus ou moins. Si je n'oublie pas. C'est compliqué. J'aime bien les fêtes, j'aime bien shabbat mais parfois j'oublie d'allumer une bougie et je me sens tellement mal que je préfère ne pas faire shabbat du tout que mal le faire. Et puis, je ne connais pas de synagogues en Ile-de-France, je n'ose pas trop y aller seule. Je suis croyante, enfin je crois que je suis croyante ? Je ne sais pas ce que ce serait de ne pas l'être. Ça me rassure. Quoiqu'il arrive, il y a quelqu'un, enfin "quelqu'un", tu vois ce que je veux dire, bref, il y a Dieu quoi, une présence qui me dépasse et tout me semble moins grave. Je ne lui demande rien, je n'ai pas besoin de son approbation, de miracles de sa part, j'ai juste besoin de savoir qu'IL est là, ça me suffit. »

Je hochai la tête comme si je comprenais. Elle finit son donut, s'étouffa un peu en avalant trop vite, but une gorgée de thé et elle reprit, les joues rouges d'avoir toussé :

« Ma fête préférée, c'est Chavouot. Tu connais ? Non ? C'est une nuit d'études où on célèbre le don de la Torah aux Hébreux. On mange des plats basés sur des produits laitiers et on discute toute la nuit de la Bible.

- C'est vraiment un colloque : un colloque pour insomniaques.

- Parfait pour moi.

- Tu es vraiment faite pour la littérature. »

Toujours rouge, pas seulement à cause de la toux, elle me prit la main, refusant de laisser le silence s'étendre plus de quelques secondes :

« À propos de fête juive, c'est bientôt Souccot. Tu connais ?

- C'est la fête des petites cabanes ?

- C'est la fête des petites cabanes. Tu dois faire
 une cabane dans ton jardin ou ta terrasse, mais
 selon des règles précises, évidemment.
- Et c'est juste ça ? Pourquoi des cabanes ?
- C'est parce que... il y a une idée de pèlerinage ?
 Je ne sais plus. Je vérifierai. Bref, tu ne voudrais
 pas qu'on le fasse à deux ? Je n'ai pas de jardin,
 je n'ai pas de terrasse mais on pourrait... faire
 une cabane de draps et... parler de littérature
 jusqu'au matin.
- C'est juste Chavouot sous des draps.
- Normalement non, mais je ne retourne pas chez
 moi pour cette fête donc, on fait ce qu'on peut.
 Alors ? »

Sa main, aux ongles parfaitement rongés, aux peaux
impitoyablement arrachées – elle m'avait caché ses
doigts dans les premiers mois, honteuse du sang qui
sortait de ces petites plaies.

« Parler de littérature chez toi jusqu'au matin ? Tu veux
dire, comme d'habitude ?

- Oui dans une cabane. Et aussi, en y mettant du sens. En y mettant de l'importance, plus que d'habitude. »

Notre Souccot ne fut sans doute pas très traditionnel.

Rien n'était très différent de nos nuits habituelles, une bougie brillait, Sarah et moi débattions, mais il y avait quelque chose en plus, une intention supplémentaire. La prière de Sarah en hébreu en allumant la bougie, était-ce seulement cela qui faisait la différence ? À aucun moment, je ne pensai à plus et elle non plus, je crois. La seule chose qui importait, c'était la littérature et je ne l'aurais pas plus embrassée dans une synagogue alors pourquoi l'aurais-je fait cette nuit-là ?

« Une cabane, dit Sarah, c'est pour nous protéger du monde. Ce sont des draps, on pourrait les percer, les déchirer facilement mais symboliquement, il y a une séparation entre nous deux et le reste de l'univers. »

Elle me demanda, vers quatre heures du matin :

« Tu es croyante ? »

Comme si c'était une question totalement anecdotique, en pleine célébration d'une fête juive. Ma réponse à cette question n'avait pas été nécessaire quand elle avait dit des prières en hébreu ; elle l'était, deux heures avant le lever du soleil.

Je m'endormais ; ma propre réponse me réveilla :

« J'aimerais bien. J'ai envie... J'ai envie de savoir que c'est vrai, que quelque chose est vrai. Qu'il y a quelque chose d'évident, quelque chose de constant. Impossible de douter. »

Elle était très près de moi, sa joue quasi contre la mienne et elle me murmura :

« S'il y avait quelque chose de vrai dans ce monde, on n'aurait pas besoin de croire. »

Nuit éternelle si courte ; le retour chez moi en RER au petit matin dura plus longtemps que les dernières heures que je venais de passer.

Cette année pour Souccot, j'ai lu un livre le plus vite possible et j'ai bâclé un exposé. Je me suis cachée sous les draps avec mon portable et un paquet de chips. Je n'ai pas osé allumer de bougies.

Pourtant, contrairement à mon premier Souccot, je n'ai plus de doutes. Je sais que Dieu existe. Sarah me dirait que c'est le mauvais verbe, qu'on ne « sait » pas mais je ne peux pas me permettre de douter. Je ne veux plus douter.

Alors pourquoi est-ce si difficile de mettre les pieds dans une synagogue ?

8 octobre - Mail de Nicole Dumonier

Chère Nathalie,

C'est noté pour votre exposé. J'ai regardé ce que vous m'aviez envoyé : n'oubliez pas la conclusion !

Bien à vous,

Nicole Dumonier

sarah.doc

Date : octobre 2016.

Sarah vient de m'envoyer un texto (visiblement les mails ne suffisent plus) pour me dire :

« Hag Souccot Sameakh[18]. »

(« Pas samear, Nathalie, Sameakh, comme la jota en espagnol, ça gratte la gorge. »)

Et je lui ai répondu pour la première fois depuis des mois, pour lui souhaiter également une bonne fête. Pas

---

[18] « Joyeuse fête de Souccot. » (traduction)

de réponse. Je lui avais envoyé un message. Elle avait gagné. Je me sentais obligée, par un code de chevalerie qui me dépassait mais que je devais respecter.

J'allai voir Sarah le lendemain. Le code de son immeuble n'avait pas changé – j'avais vérifié, mais je sonnai quand même, pour faire bonne mesure.

« Oui ?

- C'est moi. Nathalie. »

Pas de réponse – je crus qu'elle allait me laisser attendre, me laisser baigner dans ma défaite, mais la porte s'ouvrit, et je rentrai dans cet immeuble que j'avais visité mille fois.

Sarah m'avait déjà attendue en soutien-gorge et petite culotte au pas de sa porte, mais aujourd'hui, elle était en jogging et peu ravie de me voir.

« Pas de sms, pas d'avertissement ? J'aurais pu ne pas être là.

- Ça fait trois semaines que tu me supplies de venir chercher mon livre. »

Elle se poussa pour me laisser rentrer. Ça sentait le curry : je m'approchai des plaques de cuisson, absolument impeccables : Sarah a toujours fait très attention à son matériel de cuisine. Pas de traces de sauce tomate sur les murs. Pas de lettre manuscrite non plus. Un livre de recettes juives, c'était moi qui lui avais offert (et c'était moi qui l'avais utilisé le plus souvent d'ailleurs), un batteur électrique, elle l'avait eu en promotion au supermarché en bas de chez elle, une tasse avec un portrait de Johnny Hallyday, c'était son cousin qui la lui avait offerte, pour rire.

« Tu as faim ? »

Je secouai la tête. Dans ses épices, du poivre au pamplemousse – c'était moi qui lui avais fait goûter.

Je n'avais pas faim, j'avais mal au cœur.

Des cartons, partout. Certains ouverts et remplis, certains fermés et lourds. Il manquait des posters et des vêtements sur le portemanteau. Je me retournai. Sarah était assise sur son canapé-lit, ordinateur posé sur sa table basse et ses papiers…

Son studio n'était que feuilles volantes, parfois posées sur les cartons, sauf aux alentours des plaques de cuisson et du frigo et j'osai espérer qu'elle n'avait pas épinglé ses dissertations dans sa douche.

De souvenir, elle avait une moquette verte qu'elle détestait mais c'était à peine si je pouvais la voir aujourd'hui tant elle était recouverte de notes, de projets, de factures, de photocopies, de brouillons et toujours, toujours des cartons. Sur une feuille, son planning du semestre dernier. Sur l'autre, un plan de mémoire raturé en rouge. Sur la table basse, une page déchirée d'un livre – je serrai les dents sans faire un commentaire – où elle avait entouré certains mots.

Elle souriait, l'air moqueur :

« Tu aimes la déco ? Je déménage bientôt. »

Et elle tapota une place à côté d'elle sur le canapé-lit.

Je fis semblant de ne pas le voir et je m'attardai sur sa bibliothèque, trois étagères où les livres étaient tellement serrés qu'on aurait cru qu'ils allaient exploser. Inutile de chercher un ordre, il n'y en avait pas : je fus obligée de regarder un à un tous les livres. J'en pris un, pile au milieu de la deuxième étagère et je le retirai non sans mal de sa prison.

Figures II, de Genette. Il n'était pas abîmé – la feuille déchirée sur la table basse ne lui appartenait pas.

« C'est à moi ça. Je le récupère. »

C'était pour ça que j'étais venue, non ? Pourtant, il me semblait nécessaire de le rappeler. J'étais venue pour récupérer un livre qu'elle aurait pu me rendre mille fois à la fac. Elle sourit :

« Viens t'asseoir. »

Je m'imaginai, quelques secondes, m'asseoir sur son canapé-lit, l'entendre craquer légèrement, et le son que j'avais déjà entendu mille fois me fit rougir, comme une adolescente. Son plaid bleu, dans lequel elle s'était enroulée. Son coussin, qui portait son odeur.

Son ordinateur portable, recouvert de stickers, sur lequel sa jolie main tapait, toujours avec un seul doigt.

« Tu as rougi.

- Non. »

Et je rajoutai précipitamment :

« Tu devrais ranger. »

Elle leva les yeux au ciel sans répondre puis, comprenant que je ne comptais pas m'asseoir, elle se concentra sur son ordinateur. J'attendis quelques secondes, figée, gênée dans cet appartement que j'aurais pu décrire meubles après meubles, affiches après affiches, poussières après poussières.

Je posai mes yeux sur la bibliothèque à nouveau, cherchant une échappatoire dans la littérature, comme si je ne savais pas à ce stade que c'était inutile. Il y avait ses livres et son rangement incompréhensible, et il y avait *Au cœur de la nuit*, le recueil de nouvelles écrit par Debreuil, qui n'était pas rangé avec les autres mais posé sur les livres, en attente d'être placé quelque part dans cette bibliothèque peut-être. Je ne sais pas pourquoi je le pris. J'en avais déjà un à la maison, ce n'était pas une édition rare ou exceptionnelle. Mais je le pris avec moi tout de même et je m'en allai après avoir bredouillé un « au revoir » peu convaincant.

Dans ce livre, Sarah avait griffonné des notes, des références, des points d'interrogation sur certaines phrases. Ce n'était pas un emprunt : elle l'avait acheté et il restait une étiquette indiquant le prix. Huit euros.

Ce qui m'intéressa le plus se trouvait à la fin du recueil. Sarah avait noté comme un pense-bête : « EMPRUNTER LE COLLOQUE SUR DEBREUIL ET LE SECRET -> "EGNIMICITE ET LITTERATURE" ».

Le lendemain, j'allai chercher le colloque à la BU.

journaldemémoire.doc

Retranscription d'un colloque organisé par *L'Errance* en février 1999

(À placer dans la deuxième partie ? Si je retrouve la source exacte. La cassette ne dit rien, une simple année, « février 1999 » et « Colloque organisé pour le dernier numéro de *L'Errance* ». Rien n'indique un lien avec Debreuil dans le résumé du colloque en ligne, comment est-ce que Sarah a entendu parler de ça ? Est-ce que c'est Dumonier qui lui en a parlé ?)

Cet extrait vient d'un enregistrement de colloque dont le nom est inconnu, tout comme le sujet. Il nous reste seulement une partie d'une intervention sur Jeanne Debreuil, cependant la personne qui parle, une debreuilliste apparemment, ne précise jamais ses recherches. Elle s'appellerait Mayim (??? il faut que je trouve son nom de famille). Bien que cette intervention reste assez floue, nous pensons qu'elle peut nous éclairer. Nous avons ici retranscrit ce que nous avons pu comprendre :

« … mais je reviendrai sur cet aspect fondamental un peu plus tard. Cependant, gardez-le bien en tête, car il est essentiel pour comprendre, réellement comprendre, Jeanne Debreuil et son œuvre. Cela semble être un détail, pourtant il fait tenir tout l'édifice. Je n'hésite pas à dire qu'il nous serait impossible de comprendre *Elle* sans cela. C'est, si j'ose dire, la clef, le secret qui ouvre le coffre-fort de Debreuil.

Comme je le disais, j'ai consacré une grande partie de ma vie à l'étude de Jeanne Debreuil. Nous sommes peu à nous intéresser à elle et il m'arrive de dire en plaisantant que Debreuil n'est un auteur que pour les critiques littéraires férus d'analyses complexes et pinailleuses. Rien n'est simple chez Jeanne Debreuil et je ne peux blâmer le public d'être passé à côté d'elle. J'espère cependant pouvoir convaincre certains d'entre vous de vous jeter sur ses ouvrages en sortant de ce colloque ! Je sais qu'ils peuvent être difficiles à lire et je bataille depuis de nombreuses années pour permettre une réédition avec commentaires, mais son éditeur refuse catégoriquement sans l'accord de Debreuil, une position noble mais qui ne nous arrange pas. Cependant, j'aime à penser certains jours qu'il ne fait ainsi que respecter la volonté de Debreuil, d'être lue puis vite oubliée, de n'être qu'un papillon éphémère, afin de ne jamais prendre la poussière. Je vais peut-être contre sa volonté en participant à ce colloque, mais je suis prête à prendre le risque. Qui sait ? Elle est peut-être présente dans la salle – qu'elle se manifeste !

[Quelques rires discrets, un toussotement]

Pour répondre à la question que l'on me posait tout à l'heure – Madame ? Oui, c'était bien vous. Très intéressante question, par ailleurs, qui témoigne d'une véritable connaissance du travail de Debreuil, en particulier de *L'Homme qui dégringole* – je ne pense pas que cet ouvrage soit particulièrement emblématique du travail de Debreuil cela dit, mais je comprends votre raisonnement. Je vous rejoins sur le reste et je me permets de rajouter : c'est *l'égnimicité* de Jeanne Debreuil qui nous intéresse ici – vous me permettrez d'utiliser ce terme inventé par [le son est brouillé ici] dans son ouvrage du même nom. L'égnimicité, à savoir la capacité de jouer sur plusieurs confusions potentielles au sein d'un univers métatextuel. Pardonnez-moi de devoir vous sortir des évidences, mais il faut bien que nous nous comprenions. Peut-être n'y a-t-il pas que des debreuillistes dans la salle [rires discrets].

Le debreuillisme est unique, même si l'on peut le rapprocher du borgesisme ou même, selon moi, du volodinisme – une thèse que je compte développer dans un prochain ouvrage. Jeanne Debreuil l'a elle-même bien expliqué dans cet entretien célèbre, que vous connaissez tous évidemment : nul besoin de répéter ses mots, cela serait redondant et je me propose aujourd'hui de mettre en parallèle cet article sur ce que j'appelais le secret de Jeanne Debreuil plus tôt, l'aspect fondamental, la charpente de son œuvre.

Mais avant cela, je vous propose de revenir avec moi sur les rares – trop rares – études sur Debreuil. Il y a quelques articles de presse, quand par chance un critique tombait sur un de ses ouvrages : cela fut rarement positif. Citons pour l'exemple : « L'auteur qui dégringole », un article qui, pardonnez-moi, était complètement à côté de la plaque ! [un rire, un « ah ! »] Heureusement, il y eut peu après une excellente réponse, défendant Debreuil, par une collègue de *L'Errance*, qui est je crois, présente parmi nous aujourd'hui. Malgré le bienfait de cette défense, son auteur me pardonnera d'avoir pensé qu'elle était elle aussi passée à côté de Debreuil, puisqu'elle avait préféré parler de la dynamique émotionnelle de ce livre et de son hermétisme. Elle n'a pas parlé de la théologie comparative de *L'Homme qui dégringole*, ainsi que de la démystification de Dante, qui apparaît très clairement dans le dernier chapitre. Mais je pinaille. Je ne peux blâmer ma collègue ; bien que je me considère comme étant proche de la vérité, seule Debreuil sait, et je doute fortement de la voir nous dévoiler ses secrets. Ma collègue sait tout le respect que j'ai pour son travail et je l'invite à venir prendre un café après ce colloque pour en débattre encore [un rire, féminin].

Outre ces articles, il y eut quelques tentatives de colloques, souvent avortés malheureusement, de nombreux projets d'ouvrages collectifs et des débuts de mémoires et de thèses abandonnés en cours de route. Combien ai-je vu d'étudiantes finalement changer de sujet au dernier moment ? Je le dis en souriant : il y a une malédiction Debreuil !

Pourquoi si peu d'études ? Eh bien, Debreuil a ses détracteurs, mais je ne pense pas que ce soit le problème. Bien que je sois évidemment en désaccord avec eux, je dois reconnaître qu'ils contribuent à leur manière à la faire connaître. Non, son véritable ennemi, c'est la cruelle indifférence du public. Mais cela ne m'étonne pas et je dois dire que certains jours, cela me ravit. Car c'est cela que je voulais vous exposer aujourd'hui. Ce qui, selon moi, fait Jeanne Debreuil.

Je ne vous cache pas que depuis que je l'ai compris, je ne lis plus ses livres de la même manière. Le plaisir demeure, mais quelque chose a changé. Si je voulais être précise, je dirais que c'est une normalisation de l'éthos de l'auteur, mais plus simplement, disons simplement que rien n'est plus amusant que d'attendre d'ouvrir ses cadeaux et de deviner ce qu'ils sont, et rien n'est plus décevant que de les avoir ouverts.

En réalité, ce qui fait Debreuil vraiment, cela se résume en quelques mots : elle… »

[À cet instant le colloque a été coupé.]

J'ai fait mon exposé sur *La Maison des feuilles* aujourd'hui.

Mme Dumonier a souri mais elle sourit pour tous les exposés. Cela ne l'empêche pas de mettre des notes basses. Pas un commentaire sur l'absence de conclusion, malgré son amical rappel dans son mail. Juste un sourire. La semaine prochaine, c'est le dernier cours avant les vacances de la Toussaint, un autre exposé, sans doute un devoir à rendre pour le mois suivant.

Sarah n'a pas ce cours. Les autres élèves dormaient.

Du temps perdu, comme d'habitude. Je n'ai que le colloque en tête.

Quel est cet « entretien célèbre » ? De quel article parle-t-elle ? Une source amène à une source, qui amène à une autre source, qui amène à une autre source… Un jeu de piste.

Quand je tape « Jeanne Debreuil » ou même simplement « Debreuil » dans la barre de recherche du catalogue de la bibliothèque universitaire, le résultat me déprime. À première vue, des pages et des pages de résultats, une infinité de livres, des sources, des sources, des sources, toujours ces foutues sources.

Intéressant, le mot « source ». La source, c'est là d'où sort l'eau, dans les montagnes. Symbole de vie. Je connais des chansons où les hommes explosent de joie alors que jaillit la source. Des sources, des ressources, brutes, de l'eau non traitée, pas encore touchée par l'homme, tellement vivante, tellement resplendissante. Quand je vois des pages et des pages de résultats, je ne peux pas dire que je ressens la même joie que quand des hommes trouvent enfin de l'eau, mais j'ai l'impression, pour un instant, que ma traversée du désert va prendre fin.

Puis je clique sur un lien, puis deux, puis trois, et je constate avec effroi que les sources ne sont pas de vraies sources, pures, intactes, mais des sources de secondes zones. Ce ne sont pas des sources, ce sont des références qui mènent à d'autres références, qui mènent à encore d'autres références. Sur le premier lien, Jeanne Debreuil apparaît dans une note tout en bas de la page 72, et c'est une citation d'un colloque introuvable. Dans le deuxième lien, un de ses livres est dans la bibliographie, sans aucune explication, alors que l'auteur ne semble pas l'avoir utilisé dans son essai. Le troisième lien est un homonyme québécois visiblement expert en physique thermonucléaire. Et ainsi de suite, sur des pages et des pages. Parfois, je trouve… non pas une source, mais un vague jet d'eau, une mare potentiellement intéressante. L'adresse d'une revue consacrée à Debreuil dans les années quatre-vingt-dix, un nom. J'envoie une lettre comme une bouteille à la mer, sans savoir si j'aurai une réponse. Ma baguette de sourcier, c'est mon instinct, encore peu habile, qui me pousse à creuser, pour finir souvent déçue.

J'ai hésité à en parler à Dumonier à la fin du cours mais elle discutait avec des élèves et la connaissant, cela pouvait durer des heures. Et puis… Est-ce que c'était elle qui avait parlé de ce colloque à Sarah ? Et pourquoi ne pas m'en parler à moi ?

L'élève avec lequel elle discutait lui a demandé si elle avait bien reçu son mail, une question sur un des livres de cours. Elle est devenue pâle et elle s'est mise à chercher frénétiquement sur son ordinateur en murmurant des excuses : « Je dois l'avoir quelque part… Je me souviens de l'avoir vu, en effet… Je pensais vous avoir répondu ? » Qu'elle ait pu m'oublier de m'envoyer une référence si précieuse ne m'étonne pas ; j'attends encore ses articles sur *Le Marécage définitif.* Si elle a l'entretien, elle ne doit même pas le savoir. Il doit être enfoui dans son ordinateur, sous un nom qu'elle ne reconnaît même plus, noyé sous mille sources indirectes sur Debreuil et son style. Un entretien, c'est la source première, c'est la source de toutes les sources, celle qui nourrit tous les fleuves et toutes les mers. Rien de plus pur, rien de plus intact : un entretien de Jeanne Debreuil, cela justifierait tout.

Il faut que je le trouve.

Le secret[19]

Le deuxième rabbin est soudainement gêné ; ma présence devient encombrante. Entre nous se dresse un mur.
« Je ne sais pas si je peux vous le dire... »

Jeanne Debreuil, *Elle.*

sarah.doc

Date : Septembre et novembre 2014.

Qui écoute du Barbara le soir de son anniversaire ?

Cela faisait deux ans depuis notre première rencontre, enfin, un an et un mois. Nous fêtions ses vingt ans.

Entre la L2 et la L3, rien n'avait vraiment changé : Sarah et moi faisions tout ensemble, un vrai couple qui ne se tenait pas la main, qui ne s'était pas dit « je t'aime ». Nous passions des nuits entières à discuter de tout et de rien, à Souccot, Shavouot, qu'importe l'occasion. L'amour platonique à son paroxysme : je ne l'avais jamais vue nue mais l'idée même de découvrir Paris sans elle me rendait malade. Nous nous perdîmes à

---

[19] La prière.

Châtelet, nous allâmes dans des cafés beaucoup trop chers, nous visitâmes même Versailles.

(Note : pourquoi le passé simple me semble une évidence à la première personne du singulier mais m'agace à la première personne du pluriel ?)

J'aurais pu l'embrasser mille fois, elle aussi. J'étais amoureuse, elle aussi. Mais si, mais si, mais si, si ça ne marchait pas, si le baiser était raté, si cela brisait tout.

Ma mère avait dit « Je t'aime » à un seul homme dans sa vie et il était parti du jour au lendemain, en lui laissant un bébé sur les bras. Je ne pouvais pas lui demander conseil. Sarah… Sarah aurait pu être plus courageuse que moi, mais comme elle me l'avoua après, elle avait peur de me faire fuir, que je me recroqueville un peu plus dans ma carapace, que l'huître se ferme à tout jamais. Alors, nous enchaînions les rendez-vous sans jamais aller plus loin qu'un câlin. Notre relation était ponctuée de baisers manqués, de « peut-être qu'un jour », de « pas aujourd'hui ».

Versailles en particulier me reste en mémoire. Nous nous y étions rendues car l'un de nos professeurs, grand admirateur de Racine, ne parlait que de Versailles. Il vivait dans la ville elle-même et allait au château tous les week-ends. Sa bibliographie comportait des livres sur l'architecture du lieu, bien que le rapport direct avec son cours soit discutable. C'était une obsession que sa famille « partageait avec joie », jurait-il.

J'avais pris ce cours au second semestre parce que Sarah avait voulu que nous fassions un cours en commun mais en ce qui me concerne, j'avais toujours été attirée par les auteurs plus récents. Quand j'avais vu que le cours portait sur *Andromaque* et *Bérénice*, je m'étais dit que j'allais me refaire tout mon programme de mon année de 1re. Certains auteurs étaient, pour moi, associés au collège et au lycée et j'avais la sensation de les comprendre, de les maîtriser déjà. J'étais arrogante, j'imagine. Mais ce cours me prouva que j'avais tort en me montrant que ce que mes profs de français m'avaient dit avec certitude au lycée pouvait être remis en question, questionné, repensé en long, en large et en travers. Je pensais que moi, du haut de mes vingt ans, j'avais tout compris de Racine ? Je ne savais rien de lui, je ne savais rien de personne. Un obscur auteur suédois avait une théorie révolutionnaire sur *Britannicus* que notre professeur citait comme si tout le monde la connaissait et je n'arrivais même pas à ressortir mon cours sur le classicisme appris il y a deux ans.

Il me faut mentionner que je n'ai pas relu un Racine depuis ce cours. Tant pis : la leçon à retenir de cette expérience, je l'avais acquise.

Une fois assise dans le RER qui nous menait à Versailles, Sarah sortit de son sac *Bérénice*. Je ne dis rien, juste un haussement de sourcils. Elle se justifia immédiatement :

« M. Coulnier a dit qu'on comprenait mieux Racine à Versailles, qu'on ne pouvait comprendre Racine qu'à Versailles. Je me suis dit... »

Embarrassée comme une petite fille qui venait de se rendre compte que le Père Noël n'existait peut-être pas, elle s'arrêta. Je ne pus m'empêcher d'être moqueuse :

« Tu y crois, Sarah ? C'est... tellement limité comme façon de voir la littérature. Comme si l'âme de l'auteur hantait encore les murs ?

- Ça n'a rien à voir. C'est une façon de comprendre le contexte culturel, historique...

- Tout ce qu'une page Wikipédia pourrait t'apprendre de toute façon...
- Ce n'est pas pareil d'aller sur Wikipédia et d'aller à Versailles. Tu te mets, temporairement, à la place de l'auteur, tu comprends ce qu'il a été...
- Et pour comprendre Socrate, je vais devoir aller en Grèce ? Et les anonymes, et les auteurs qui n'ont plus de maison qui tiennent debout ?
- Tu es cynique. »

Et, considérant la discussion close, elle ouvrit *Bérénice*.

Nous avions déjà eu brièvement cette discussion à la suite du premier cours sur Racine et depuis, le sujet revenait de temps en temps : je ne changeais pas mes arguments, elle ne changeait pas les siens. Il fallait bien Versailles pour enfin passer à autre chose, enfin nous mettre d'accord.

Finalement, nous n'avions jamais vraiment parlé en profondeur de littérature : nous avions parlé de nos vies, nos parcours scolaires, les raisons qui nous avaient amenées à faire des études littéraires. Nous avions parlé des cours que nous aimions, ceux que nous n'aimions pas. Elle m'avait demandé si je croyais en Dieu mais ce que le mot « littérature » signifiait pour moi ? Trop intime, trop difficile. Mais est-ce que nous savions nous-mêmes ce que c'était la littérature ? Moi, je ne le savais pas. À présent, je ne le sais toujours pas mais je ne le sais pas en sachant que je ne le sais pas. Quand j'avais vingt ans, je ne savais juste pas.

Nous recommençâmes à parler comme si de rien n'était une fois arrivées à Versailles. Plutôt que de débattre, nous blaguions sur ce fameux professeur en nous promenant dans les jardins : « Je pense qu'il campe ici, il est sans doute caché dans un buisson », « Tu te rends compte qu'il fait des cours sur Racine depuis trente ans ? Tu imagines étudier un auteur pendant trente ans ? » « Tu te souviens de la veste immonde qu'il portait la dernière fois ? » « Si j'étudie le même auteur plus d'un semestre, j'ai déjà l'impression de devenir folle alors trente ans… » « Peut-être que c'est le descendant de Louis XIV… »

Sarah ne ressortit *Bérénice* qu'à la galerie des Glaces. Elle me saisit le bras avec autorité et de son autre main, elle ouvrit son livre à la scène de rupture entre Titus et Bérénice. Elle se mit à marcher, s'agrippant à moi et lisant à voix basse la partie de Bérénice. Quand ce fut le tour de Titus, elle me serra le bras un peu plus fort et je lus à mon tour. Il y avait dans la galerie un groupe de touristes et un guide en train de parler d'un buste en particulier, celui d'un empereur romain. J'aurais aimé qu'au moment où je me mette à lire la réplique de Titus, le guide soit en train de décrire le buste de Titus, que cette heureuse coïncidence qui n'existe que dans les films se produise mais je ne peux pas l'affirmer.

Quand il y a trop de coïncidences, trop de symboles, cela ruine l'ensemble. Cela devient un cliché : comme par hasard, il se met à pleuvoir alors que la fille annonce au garçon que ça ne peut plus marcher entre eux, comme par hasard, le garçon arrive juste à temps à l'aéroport, avant que la fille ne prenne l'avion et ne le quitte à jamais pour s'excuser avec un énorme bouquet de fleurs, comme par hasard, comme par hasard, et c'est sans doute pour ça que je n'ai pas embrassé Sarah quand nous sommes arrivées au bout de la galerie « comme par hasard », même si j'avais très envie de le faire.

Et c'est sans doute pour ça que je n'embrassai pas Sarah. Que je n'ai embrassé Sarah. N'embrassai. N'ai pas embrassé.

Je ne l'ai pas embrassée parce que ça aurait été trop facile, trop cliché, et que ça lui aurait donné raison, oui, lire du Racine à Versailles, c'était différent que le lire à la BU de la fac ou toute seule dans sa chambre d'étudiante. Ou peut-être juste parce que j'avais peur et que je n'avais jamais embrassé de filles, ni de garçons d'ailleurs. C'était la première fois de ma vie que j'avais autant envie d'embrasser quelqu'un mais je ne l'ai pas embrassée ce jour-là.

Nous sommes allées à Versailles en septembre. Nous nous sommes embrassées pour la première fois en novembre, le soir de son anniversaire. Elle avait réussi à caser dans son tout petit appartement une bonne dizaine de personnes, des gens de notre licence avec lesquels elle avait fini par sympathiser. Je ne me souviens plus de cette soirée, pas des détails en tout cas : c'était sans doute sympathique sans être extraordinaire, peut-être même que j'avais ri quelques fois et que j'avais regardé mon téléphone à d'autres moments. Peut-être que j'avais parlé à plusieurs personnes, peut-être que je m'étais sentie bien puis que je m'étais sentie mal et que j'étais allée dans la salle de bains m'isoler quelques minutes, parce qu'il y avait trop de bruit soudainement, trop de gens et trop de vie dans un si petit appartement. Je ne me souviens plus mais c'est comme ça que je me sens dans une fête en général.

Je l'ai embrassée, je l'embrassai et il y avait du Barbara en fond. Tous les invités étaient partis, j'étais restée pour l'aider à ranger (ou plutôt, à tout jeter dans un sac-poubelle et à laisser le reste pour le lendemain). Il n'y avait pas eu de Barbara pendant la soirée, il y avait eu des chansons faites pour danser ou pour parler fort par-dessus sans trop les écouter jusqu'à ce qu'un voisin vienne toquer. Sarah avait alors coupé la musique, les gens avaient commencé à partir. Pour ranger, elle avait mis du Barbara, très faible, si faible que je n'étais pas sûre de reconnaître la chanson.

Je l'ai embrassée ou elle m'a embrassée, nous nous embrassâmes et c'était techniquement notre premier baiser. Mais encore aujourd'hui, le souvenir de cette journée à Versailles écrase ce premier baiser sur du Barbara, ce premier baiser manqué, qui aurait dû, narrativement si j'ose dire, avoir lieu ce jour-là mais qui ne s'est pas produit. Certains jours, j'oublie presque que nous ne nous sommes pas embrassées à Versailles. Je ne sais même pas sur quelle chanson nous nous sommes embrassées.

journaldememoire.doc

Fiche de lecture sur *Au cœur de la nuit*

Au cœur de la nuit est un recueil de nouvelles : il en comporte six.

(J'ai l'impression de décrire une arme devant un tribunal. Un pistolet, six balles à l'intérieur. Sans doute l'arme du crime.)

Comme d'habitude, pas de résumé, même le nom de l'autrice semble avoir été rajouté au dernier moment, par acquit de conscience, parce qu'il faut bien le mettre.

Chaque histoire est, contrairement à *Elle*, à peu près compréhensible par elle-même. Aucune ne porte de titre, seulement un numéro. On parle de nouvelles, peut-être que ce ne sont que des chapitres dans un roman. Dans l'ordre :

- Une famille monoparentale, à l'approche des fêtes de fin d'année : deux enfants et une maman. Un frère et une sœur, décrits comme s'ils appartenaient à un film américain de Noël réalisé par Spielberg. Ils sont irréels : ils font des bonshommes de neige, ils ont une cabane dans l'arbre du jardin, ils sont amis avec tous les gamins du quartier. La mère, elle, sort plutôt d'un David Lynch : froide, réservée, elle a toujours un air inquiet sur le visage. Elle murmure des choses que ses enfants ne comprennent pas, elle regarde par la fenêtre pendant des heures, une cigarette à la main. Les enfants parlent du « jour où ils rencontreront le Père Noël » tous les jours et la mère ne dit rien. Arrive le soir de Noël : la mère couche les enfants et leur dit d'être patients et d'attendre le lendemain pour descendre. Il y a une inflexion anxieuse dans sa voix. Les enfants hésitent mais pour la première fois, ils décident de désobéir et de descendre pour tenter d'apercevoir le Père Noël. Le lendemain, nous retrouvons nos enfants et la mère à table. Les enfants sont muets. Il règne dans la maison un silence inquiet. La mère comprend en un instant. « Vous êtes descendus ? » Nous supposons que les enfants ont compris que le Père Noël n'existe pas, d'où leur silence boudeur. Mais la mère rajoute, de plus en plus urgemment : « Vous l'avez vu ? À quoi ressemblait-il ? Qu'a-t-il dit ? » Mais les enfants ne disent rien et ils regardent par la fenêtre.

(Ma mère ne m'a jamais parlé du Père Noël. J'en ai entendu parler à l'école, à la télévision mais je jure qu'elle-même n'a jamais prononcé les mots « Père Noël ». Elle n'a pas nié non plus quand je lui ai demandé, quand j'avais six ans, si c'était bien lui qui avait amené mes cadeaux. Elle n'a rien dit en fait. J'ai compris qu'il n'existait pas comme j'ai appris son existence : toute seule.)

- C'est un homme qui se rend au travail en prenant le même métro tous les matins, à la même heure, le 8 h 02. Il y tient et même s'il est quand même à l'heure en prenant le suivant, il tient à son 8 h 02. Sa femme le taquine, voit ça comme une charmante manie. Ses collègues s'amusent de sa ponctualité militaire. Mais ce jour-là, il est en retard : il s'est disputé avec sa femme, son rasoir ne marchait plus, une vieille dame sur le trottoir lui a bloqué le passage en marchant très lentement. La narration ajoute et rajoute des raisons expliquant son retard mais malgré tout, au prix d'une course effrénée dans les couloirs du métro, il arrive sur le quai à... 8 h 03. Il ne l'a pas eu. Le prochain est dans trois minutes. L'homme s'écroule comme une poupée sans articulations et sanglote, sanglote, sanglote. Une femme, qui attend sur le quai également et qui l'a vu rater ce métro, s'approche et lui demande : « Qu'est-ce qui se passe ? Ce n'est pas si grave ! Pourquoi ces larmes ? » L'homme ne répond pas.

- Deux amies décident d'aller au cinéma. Elles sont supposées se retrouver devant et rentrer ensuite. La première arrive à l'heure et elle attend. Le temps passe. Le film est sur le point de commencer et son amie n'est toujours pas là. Elle s'impatiente puis finit par aller acheter sa place et rentrer : elle se souvient que son amie et elle ont décidé de se rejoindre dans la salle si l'une était en retard. Elle prend sa place, elle s'installe, au milieu de la salle. Quelques secondes avant que le film ne commence, alors qu'elle se retrouve plongée dans l'obscurité, elle entend son amie s'asseoir à côté d'elle. Soulagée, elle lui murmure un mot de reproche sur un ton léger mais elle n'entend pas sa réponse à cause du générique. Le film est drôle. Elle tourne la tête vers son amie tout en continuant à regarder pour partager avec elle son éclat de rire. Le film est émouvant. Elle pousse un soupir tremblotant, suffisamment audible pour que son amie l'entende. Le film est terrifiant. Elle agrippe le bras de son amie, posé sur l'accoudoir et elle serre. Le film se termine. Elle se tourne vers son amie mais elle a déjà disparu. Elle la retrouve dehors. « Alors, tu en as mis du temps à venir ! » « Oui, je suis désolée, mon train... » « Alors tu

as aimé ? » « Oh oui, c'était drôle quand ils... »
« J'ai failli pleurer quand... » « J'ai eu si peur !
Je ne t'ai pas fait mal au bras, j'espère ? » Son
amie la regarde. « Mon bras ? » « Tu sais, je t'ai
pris le bras. » « Tu ne m'as pas pris le bras. »
« Mais si. » Et elle rit, mais son amie ne rit pas.
« Où étais-tu assise dans la salle ? » Elle arrête de
rire.

- Un couple à table. Toute la nouvelle se déroule
pendant ce repas qu'ils partagent. On comprend
qu'ils sont mariés depuis trois ans, qu'ils
s'ennuient. Ils veulent un enfant mais rien ne
vient, sans doute parce qu'ils ne se touchent
presque plus. Le mari questionne son épouse sur
sa journée, d'abord innocemment puis il
demande de plus en plus de précisions. On passe
de la scène conjugale au roman policier : la
femme se fige, sentant que le mari sait quelque
chose. Il finit par dire qu'il sait, qu'une voisine a
dit avoir entendu une conversation chez eux alors
qu'il était parti. Elle avoue qu'elle le trompe. Il
demande le nom : « Qui est-ce ? Qui est-ce ? ».

Elle lui donne mais nous ne savons pas qui c'est. Le mari pâlit et se tait.

- Un frère et une sœur, la trentaine, dans un salon familial. Ils parlent du « bon vieux temps » et de leurs souvenirs d'enfant. Devant eux, des albums photos, des cartons remplis de vieux vêtements, de livres, de jouets. La sœur demande au frère : « Tu te souviens de la farce de Kevin ? » Le frère sourit. Il demande : « Tu te souviens de ma bicyclette rouge ? ». La fille hoche la tête, ravie. « Tu te souviens du gâteau de mamie ? », « Tu te souviens de notre chien, Billy ? » « Tu te souviens du Noël chez Tata ? » et ainsi de suite. Puis la sœur demande : « Tu te souviens de mon cartable rose ? » Le frère réfléchit puis secoue la tête. « Non, je ne me souviens pas. Il était vert, ton cartable. » La sœur s'étonne de cette réponse et argumente : mais si, maman l'avait acheté... Papa l'avait acheté... Une brocante... Un magasin... Plus elle essaie d'aider son frère à se souvenir, plus ses propres souvenirs semblent devenir incohérents. Elle finit par se taire, abasourdie. Son frère se lève et quitte le salon. La sœur baisse la tête vers l'un des cartons. Dedans se trouve un cartable. La narration ne nous indique pas sa couleur.

- Une chanteuse, dans sa loge, quelques minutes avant de monter sur scène. Elle pleure. Nous comprenons qu'elle n'a plus de voix depuis ce matin. Son assistante lui amène du thé avec du miel, du sirop pour la toux, propose d'appeler un docteur mais rien n'y fait : la chanteuse pleure et refuse de soigner sa voix. Elle semble résignée à cette perte, comme s'il y avait une raison autre qui l'aurait rendue muette. Régulièrement, quelqu'un passe la tête pour leur dire que le concert va bientôt commencer mais ni l'assistante ni la chanteuse ne semblent l'entendre. L'assistante demande à la chanteuse : est-ce que vous vous êtes remise à fumer ? La chanteuse secoue la tête. L'assistante demande à la chanteuse : est-ce que vous avez trop bu ? La chanteuse secoue la tête. L'assistante demande : est-ce que vous avez des allergies ? La chanteuse secoue la tête. L'assistante hésite puis demande, plus bas, comme un secret : est-ce qu'hier soir vous avez... Vous avez...? La chanteuse ne bouge plus. L'assistante écarquille les yeux.

Ces nouvelles ont comme point commun de ne pas apporter de réponses claires à la fin : on pourrait dire aussi que c'est ce qui caractérise l'œuvre de Debreuil dans son intégralité. Ce titre, *Au cœur de la nuit*, fait penser à la chanson de Barbara, chanson évoquant elle-même un secret, celui de l'inceste.

Un autre point commun qui devient évident en faisant le résumé de chaque nouvelle est la présence d'une ou plusieurs questions : parfois répondues, mais nous ne connaissons pas la réponse, parfois laissées en suspens. De chaque réponse dépend l'issue de la nouvelle : pourquoi est-ce si important pour cet homme d'attraper ce métro ? Qu'ont-vu les enfants ? Qu'en est-il du cartable ? La question est posée, la réponse n'est pas donnée, elle est même évitée. À partir du moment où on s'interroge, l'histoire s'arrête, laissant le lecteur libre de trouver la réponse.

Si réponse il y a.

(Mon édition est propre, sans aucune note, à l'état d'usine. Celle de Sarah est raturée. Certains mots sont entourés. Parfois, il y a des listes de courses « pain – lait – œufs – chocolat » notées dans les marges, à moins que ce ne soit le code d'une analyse littéraire très poussée. Des « à demander à Dumonier », « à vérifier », entre les lignes. Et même, sous la nouvelle sur la chanteuse « à demander à Nathalie ». Elle n'écrit pas très bien, ce n'est pas clair, ce n'est pas fait pour être lu par quelqu'un d'autre et de toute façon, même quand elle écrit pour quelqu'un d'autre, ce n'est pas une belle écriture : des centaines de petits mots laissés chez moi, dans ma trousse, dans mon tiroir à couverts, sous mon oreiller, en témoignent.

Le N de Nathalie est en majuscule, bien clair, et le reste se perd dans une écriture cursive mal maîtrisée. Les a ressemblent à des o, le t est une simple barre, le h s'évapore. Seuls le l et le i s'en sortent à peu près mais le e, supposément lié aux deux lettres précédentes, est détaché de quelques centimètres et le coup de crayon qui l'attache au i flotte dans le vide.

J'ai laissé son édition dans son sac à une pause.)

10 novembre - Une lettre

Chère Madame,

J'ai bien reçu votre demande ; il est vrai que nous possédions encore, il y a dix ans, de nombreux exemplaires de cette revue que nous avions consacrée à Jeanne Debreuil. Notre association, « Les amies de Jeanne Debreuil », pouvait se vanter d'avoir réussi à publier avec peu de moyens et, je dois dire, dans une certaine hostilité face à la littérature post-conceptuelle qu'incarne Debreuil, une revue somme toute honorable, et même deux numéros ! Son existence fut brève, et avec le recul, certains articles auraient mérité d'être réécrits, mais elle existait, envers et contre tout, et nous en étions fières. Nous avions été énormément soutenues par *L'Errance*, une autre revue littéraire, qui a malheureusement cessé son activité peu de temps après la parution du premier numéro – le nom de sa rédactrice en chef était Dalila, un pseudonyme, je crois.

Que vous travailliez sur Debreuil après tant d'années me touche, et cela aurait été avec grand plaisir que je vous aurais donné un exemplaire de notre revue. Malheureusement, il s'est produit un incident il y a une vingtaine d'années qui m'empêche de répondre à votre demande. Vous m'excuserez de la longueur de cette lettre ; mais je pense que les circonstances de ce drame pourraient vous intéresser. C'est un drame assez court, un fait divers pour certains, mais il nous marqua toutes.

Le dernier ouvrage de Jeanne Debreuil, *L'Homme qui dégringole*, était apparu en librairie depuis deux ans déjà. Nous étions habituées à un livre de Debreuil tous deux, trois ans : rien d'inhabituel, pourtant et je ne saurais vous dire pourquoi encore aujourd'hui, je m'inquiétais. J'avais raison : ce fut son dernier livre. Voilà pourquoi nous avions fait un deuxième numéro de la revue, qui ne devait en compter qu'un : par envie de nous faire connaître du grand public, mais surtout de Debreuil elle-même. Et puis, surtout, nous avions eu le temps.

Ce serait mentir de dire que notre revue eut un succès retentissant. Le premier numéro avait bénéficié du soutien de *L'Errance* mais nous fûmes très seules pour le deuxième. Nous fûmes nos premières lectrices. Un jour, enfin, je reçus un appel. Je ne me souviens plus de la date exacte ; la revue devait être sortie depuis deux mois environ, je pense que c'était en octobre 2000. C'était une voix de femme au téléphone, qui me demandait si elle pouvait acheter tous les exemplaires que nous possédions. Je refusai : cela vous surprendra peut-être, mais notre organisation n'avait aucun but lucratif. Nous ne souhaitions que faire connaître Debreuil, et tout vendre à une seule acheteuse aurait été contre-productif. Cette dernière ne s'offusqua pas de mon refus, du moins, c'est ce que je crus sur le moment.

Deux jours plus tard, le siège de notre organisation, où se trouvaient tous les exemplaires de la revue, prit feu au milieu de la nuit. Personne ne fut blessé, heureusement, l'endroit était désert à cette heure. Mais j'étais persuadée d'avoir vérifié la veille que tous les appareils électroniques étaient éteints. La police ne me crut pas, et conclut à une cause accidentelle.

Je gamberge peut-être trop, mais je ne peux m'empêcher de penser qu'il y a un lien entre cet appel et l'incendie. Je n'ai jamais eu de nouvelles de cette acheteuse. Quant à notre organisation, cela lui porta un coup. Nous aurions pu refaire des exemplaires, mais nous n'avions ni les moyens, ni la motivation. Peu de temps après, certains, dont parmi nos membres, commencèrent à théoriser sur un départ définitif de Jeanne Debreuil de la scène littéraire : cela acheva notre agonie. Notre groupe fut dissous peu de temps après. J'ai progressivement perdu le contact avec les anciens membres. Bien entendu, il me restait encore mes propres exemplaires, mais pour une raison qui m'échappe, je ne les retrouve plus. J'ai retourné ma maison de fond en comble, sans succès.

Que notre échec ne vous refroidisse pas ! Aujourd'hui, avec internet, vous trouverez sans doute beaucoup plus de ressources. Qui sait, vous trouverez peut-être l'une d'entre nous ayant toujours ses exemplaires.

Concernant ce fameux entretien donné par Debreuil, non, il n'a pas été publié dans notre revue. Cela aurait été un honneur, vous vous en doutez. Il me semble qu'il a été publié dans *L'Errance*, mais je peux me tromper.

Je vous souhaite bon courage pour votre mémoire, que je lirai avec grand plaisir quand vous l'aurez fini.

Bien à vous,

Myriam

journaldememoire.doc

Donc ça ne donne rien. Une chose qu'on ne pourra pas me reprocher, c'est de ne pas essayer. J'ai envoyé une lettre manuscrite à cette dame (manuscrite !), pour qu'on me raconte un fait divers... Est-ce seulement vrai ?

(Sarah disait que mon écriture était plus typographique que manuscrite, que j'écrivais naturellement en Times New Roman. Pourtant, j'ai toujours préféré écrire à l'ordinateur et elle a toujours préféré écrire à la main : l'inverse aurait été plus pratique pour nos professeurs.)

J'ai cherché « incendie Debreuil » sur internet pour voir si quelqu'un avait écrit quelque chose là-dessus, mais à part une rumeur sur un forum disant qu'elle aurait assisté à une représentation d'une pièce de Wajdi Mouawad, rien de concret. La revue a bien existé, c'est clair, bien qu'elle soit peu mentionnée sur internet, mais on ne parle pas de l'incendie. Cependant, qui écrirait sur l'incendie d'une obscure association ? Ou peut-être que quelqu'un a écrit là-dessus mais que l'article s'est perdu, qu'on n'a pas jugé bon de le numériser avec le développement d'internet. Je ne sais pas. Je ne sais pas si j'y crois ou pas mais de toute façon, ça ne change rien. Pas de revue. Il reste *L'Errance*, ce petit magazine littéraire des années quatre-vingt-dix. Mayim le mentionnait déjà dans le colloque : c'est peut-être dans ce même magasine que l'entretien a été publié.

Je pourrais demander à Sarah si elle en a entendu parler mais notre discussion ce matin en cours ne s'est pas très bien passée.

Mme Dubois avait proposé cinq minutes de pause. Les trois quarts des élèves étaient sortis, fumer dehors, aller prendre un café. Il ne restait dans la salle que Sarah, moi et quelques étudiants qui discutaient ou qui regardaient leur téléphone.

C'était moi qui étais venue vers elle (« à demander à Nathalie ») et elle m'avait regardée m'approcher

sarah.doc

Date : 12 novembre 2016

Sarah m'avait regardée m'approcher (j'étais assise de l'autre côté de la salle, le plus loin possible de là où elle avait posé son sac et son ordinateur recouvert de stickers, pas exactement les mêmes que la dernière fois d'ailleurs) avec un sourire... J'aurais dit victorieux si je n'avais pas fait attention mais je passe mes journées à m'arracher des cheveux sur des nuances dans des phrases de trois mots de Jeanne Debreuil donc je dirais : un sourire douloureusement victorieux. Un sourire de quelqu'un qui a gagné mais qui en souffre. Ou qui a gagné et qui souffre pour une autre raison.

Un sourire de quelqu'un qui était content de me voir arriver mais qui n'était pas content de l'être.

Je lui parlai, comme si de rien n'était, comme si tout était parfaitement normal et que nous ne nous étions pas ignorées des mois entiers, de ma théorie sur *Au cœur de la nuit.* Elle me répondit un peu trop rapidement, sa voix montant dans les aigus :

« Ce n'est pas le propos. Le "secret", comme tu dis, est accessoire. Ce qui compte, c'est ce que l'histoire représente. Comme les deux filles au cinéma. Ce qui compte, ce n'est pas "qui s'est assis à côté de cette femme ?", c'est comment deux personnes étrangères peuvent devenir proches le temps d'un film. Comment deux personnes peuvent vivre deux heures l'une à côté de l'autre, vivre les mêmes émotions, et ne pas se connaître. Cela symbolise la solitude dans le monde moderne : nous sommes proches mais éloignés les uns des autres. Le film est un prétexte. Quel genre de film est à la fois drôle, émouvant et effrayant ?

- *Mulholland Drive.* »

Je l'avais scotchée. Plus aucune douleur sur son visage, seulement de la surprise. Sur son ordinateur, un sticker neuf : « *Surprise yourself every day* ! » « De rien », pensai-je. Elle se mit à pianoter sur son clavier en murmurant :

« C'est vrai… Et à la fin de *Mulholland Drive,* les deux femmes sont dans un théâtre et regardent une représentation ensemble... Elles pleurent ensemble... C'est peut-être une référence...»

Un sticker « *Silencio* » (celui-là était vieux, je l'avais déjà vu avant), du nom du théâtre apparaissant à la fin du film, me rappela de longues heures à écouter Sarah m'expliquer *Mulholland Drive* (son film préféré), la filmographie de David Lynch (son réalisateur préféré) et en quoi ce film était bien supérieur à je ne sais quel autre film médiocre qu'elle avait vu dans l'après-midi. J'aimais l'entendre s'enflammer sur un sujet, ce film ou autre chose, mais ce jour-là, la voir taper avec fureur sur son clavier (avec deux doigts) pour rajouter une note de bas de page à une de ses parties m'agaça. Ou m'attrista. Qu'importe.

Je ne croyais pas que Debreuil fasse une quelconque référence à Lynch, ce que je lui fis savoir : trop peu d'éléments en commun et accessoirement, le film était sorti des années après la parution de son dernier livre. Elle se vexa – évidemment et je voulais la vexer, je voulais lui couper les ailes – et répliqua :

« Il n'y a pas plus de preuves pour Barbara. Elle n'a pas inventé l'expression "au cœur de la nuit".

- Le secret est un élément présent dans la chanson…
- C'est tout ? Le secret est présent dans plusieurs chansons de Barbara, ce n'est même pas la plus connue… Debreuil aurait pu choisir "L'Aigle noir" ou même "Nantes", sur la fin irrésolue, sur l'absence de conclusion cathartique.
- Mais la nouvelle sur la chanteuse ? La nouvelle sur la chanteuse ne te fait pas penser à…»

« à demander à Nathalie » mais elle n'avait pas l'air de vouloir me demander quoique ce soit. C'était peut-être une autre Nathalie, une autre fille dans la fac ou une Nathalie que je n'étais plus, qui n'existait que dans sa tête. Son regard, sévère et délicieusement glaçant, posé sur « Nathalie » mais visiblement pas la bonne, me fit baisser les yeux. Sa chemise était retroussée sur ses coudes. Ses mains, libérées du clavier, tapotaient néanmoins la table comme des touches invisibles. Je me demandai brièvement si elle composait une mélodie ou si elle en inventait une, audacieuse, précise, éphémère. Elle m'apparut soudainement tant ancrée dans la terre, dans tous les sens du terme, que sa gravité m'entraînait

131

avec elle et que je sentais chacune de mes théories s'écraser au sol. J'oubliai Debreuil en regardant ses avant-bras boisés, branches de l'arbre qu'elle était devenue et je n'aurais pas été étonnée de voir fleurir des bourgeons sur ses grains de beauté.

Au lieu de lui dire tout ça, je persiflai :

« Tu es trop terre à terre.

- Tu es trop aérienne. »

Cela a clos la conversation. Elle retourna vers son ordinateur, je retournai vers ma table.

Je l'entendis chantonner dans mon dos, d'une voix distante, comme éloignée d'elle-même :

« Un beau jour, ou peut-être une nuit... Près d'un lac, je m'étais endormie... Au matin, il ne me restait rien... L'oiseau m'avait laissée, seule, avec mon chagrin... »

Ce ne fut vraiment pas la meilleure version de Nathalie qui grimaça dans sa direction, d'un ton qui, tel un stylo rouge, voulait corriger voire annihiler son chant :

« Les paroles, c'est : Un beau jour, ou peut-être une nuit /Près d'un lac, je m'étais endormie / Quand soudain, semblant crever le ciel / Et venant de nulle part /Surgit un aigle noir »

Elle ne daigna pas lever les yeux de son ordinateur : « Non. »

journaldememoire.doc

J'ai tapé « Barbara » et « Debreuil » dans Google juste par esprit de contradiction et je suis tombée sur un blog où quelqu'un avait scanné une partie d'un article de *L'Errance* écrit par la rédactrice en chef elle-même, Dalila. Le blog critiquait les propos de l'article, en pointant les raccourcis qu'opérait son autrice pour raccrocher Barbara à Debreuil mais Sarah n'a pas besoin de le savoir.

« ... seule référence à Barbara dans les livres de Debreuil, la seule référence à ce jour. Le début de la nouvelle rend explicite l'intérêt de Debreuil pour cette figure de la chanson française :

Elle fait partie du décor. La coiffeuse, les cintres, la chaise en plastique, le miroir, la chanteuse. Un meuble parmi les meubles. Elle est inexistante, elle est en-dehors d'elle-même, elle est, à peine. La chanteuse est assise sur la chaise en plastique devant la coiffeuse et elle se touche les joues. Elle dessine son visage avec ses doigts, lentement, comme une prière. Elle semble se souvenir d'elle-même. Elle émerge dans le monde par surprise, contre son gré, déjà blessée, déjà vide. La chanteuse ne chante pas. La chanteuse caresse son visage avec ses doigts ou son visage se caresse, ronronne contre ses doigts. Terrible frisson du pouce contre la mâchoire, atroce douceur de l'annulaire sur la pointe du nez.

La porte de la loge s'ouvre brusquement et les mains retombent sur les genoux.

(Je relis ce passage et je vois Sarah qui se met de la lotion hydratante devant le miroir de la salle de bains. Elle mettait le liquide sur ses mains et frottait pour faire chauffer la crème puis elle faisait des ronds sur ses joues en se regardant dans les yeux. Pas un sourire, juste une concentration absorbante pour ce rituel impénétrable.)

À travers Barbara, à travers la chanteuse, c'est l'art que Debreuil questionne. L'œuvre debreuillienne, par sa résolution absurde, prône l'immatérialité, l'absence d'attaches terrestres à notre réalité. Dans ce passage, la chanteuse, privée de voix, se redécouvre comme un être matériel, faillible. Jusqu'ici, elle s'échappait de cette matérialité par l'abstraction de son chant (la narration nous apprend plus tard dans le texte qu'elle n'arrive plus à « se quitter ») mais la voilà prisonnière de son corps, la voilà privée d'art. L'art est chez Debreuil ce qui nous transcende et nous fait fondamentalement exister. En d'autres termes, pour citer Robert Filliou : « L'art est ce qui rend la vie plus intéressante que l'art ».

Dans un rapport plus métatextuel, elle s'apprivoise comme personnage dans cette nouvelle : elle apprend qu'elle a un corps, de papier ou de chair, un corps privé de son mais un corps néanmoins, qui ne lui appartient pas. La narration décide, en interrompant son introspection par une porte soudainement ouverte. Le personnage chez Debreuil est enchaîné malgré lui aux mots, tout comme la protagoniste d'*Elle* semble vouloir à tout prix atteindre la dernière page dans sa fuite en avant.

Dans l'œuvre de Barbara, cette matérialité/immatérialité de la chanteuse ou « cantrice[20] » pour reprendre le terme de Stéphane Hirschi est discutée. Barbara elle-même dit que les deux métiers se rapprochant le plus du métier de chanteuse, c'est prostituée et bonne sœur : « petite sœur d'amour[21] ». La chanteuse offre soit son corps soit son âme, ou simplement, les deux à la fois. C'est son soi entier que la chanteuse donne, pas Barbara elle-même, mais son personnage de chanteuse, ce qui est particulièrement illustré dans « Ma plus belle histoire d'amour ». La chanteuse s'imagine s'avançant « à genoux » vers son public référence aux pèlerinages et montrant une dévotion quasi chrétienne à ce public-dieu.

Chez Barbara, la chanteuse est bonne sœur. Chez Debreuil, l'écrivaine est divine. Nous pouvons le voir dans... »

---

[20] Le terme canteur renvoie, dans le travail de Stéphane Hirschi, à l'équivalent du narrateur dans une chanson. Quand Barbara chante, ce n'est pas forcément Monique Serf qui s'exprime, mais le personnage qu'elle incarne le temps du morceau.
[21] Barbara, « La Solitude », in *L'Aigle noir* [Disque 33 tours], Philips, 1970.

Le blogueur commente : « Extrait ridicule dans un article somme toute intéressant ». Je crois que je ne vais pas l'envoyer à Sarah.

compterenducolloque1511.doc (brouillon)

Le colloque a pris place dans une université parisienne, le 15 novembre. Il a été organisé dans le cadre d'un partenariat entre cette université et la mienne. Ce colloque portait sur l'œuvre de Richard Duclos, ayant reçu un prix Nobel gagné. C'est un ancien professeur de cette université ; il a donc accepté de venir en fin de journée.

(Je ne l'ai jamais lu. J'ai simplement jeté un œil à sa fiche Wikipédia dans le métro qui m'a amenée à la fac. Dumonier m'avait dit « Je suis certaine que ce colloque vous sera très utile ! »)

De 9 h 30 à 10 heures, ouverture du colloque par Catherine Olivier, de 10 heures à 10 h 30, « Perte de mémoire et recherche de soi », de Gérard Dubrand, de 10 h 30 à 11 heures, « Une réinvention artistique : l'hétéronyme magnifié » de Catherine Olivier, de 11 heures à 11 h 30, une pause puis de 11 h 30 à 12 h 30, une table ronde était organisée entre plusieurs critiques littéraires autour de la place des femmes dans l'œuvre de Duclos, puis une pause déjeuner de 12 h 30 à 14 heures De 14 heures à 14 h 30, « Contemplations nocturnes et inflammations poétiques » d'Hervé Flerc, de 14 h 30 à 15 heures « Le futur ininventable ou la post-utopie » d'Estrella Mariani, de 15 heures à 15 h 30, pause de trente minutes, puis de 16 h 30 à 18 heures, l'arrivée de Richard Duclos.

(Nous sommes dans un des amphithéâtres de la fac, un des plus vieux apparemment néanmoins muni, pour mon plus grand plaisir, de prises électriques.

Je suis arrivée à quatorze heures dix : j'ai complètement oublié de me réveiller. Heureusement, une bonne partie du colloque pouvait se trouver en ligne, filmée.

En entrant dans la salle et en me branchant discrètement, je n'ai entendu que quelques soupirs agacés. Parmi la trentaine de personnes présentes, une fille seulement m'a regardé. Elle m'a fait un clin d'œil puis elle s'est penchée sur son ordinateur.

Elle vient seulement de relever la tête, en voyant Hervé Flerc monter sur l'estrade.)

- Contemplations nocturnes et inflammations poétiques, d'Hervé Flerc

Hervé Flerc a commencé par s'excuser de ce « mauvais jeu de mots » qu'était son titre, un détournement d'un poème de jeunesse de Duclos.

(Quelques personnes ont ri. Il n'a pas donné le nom du poème et je ne l'ai pas retrouvé sur internet. La fille n'a pas ri mais elle a hoché la tête puis elle s'est penchée à nouveau sur son écran.)

Il a choisi ce titre car c'est justement de la poésie de Duclos qu'il souhaiterait nous parler. En effet, si on connaît Duclos surtout comme un romancier ou un dramaturge, ses premiers et derniers poèmes ne sont pas à négliger. Hervé Flerc a par ailleurs travaillé avec Duclos sur une réédition de ses poèmes, accompagnée d'une longue introduction par Flerc lui-même.

(Il nous a montré le livre et c'est presque s'il n'a pas écrit le lien Fnac au tableau pour qu'on puisse l'acheter. La fille ne regarde que son ordinateur mais je suis presque certaine qu'elle est sur

Twitter. Je ne vois que sa nuque, découverte par ses cheveux courts.)

Hervé Flerc est lui-même l'auteur d'un livre s'intéressant aux premiers textes de nombreux auteurs, pour essayer d'en tirer une thématique commune, une « hésitation formidable » pour le citer. Rare est l'écrivain qui réussit du premier coup ! Mais les textes mal aimés par le public et par l'Histoire ne doivent pas être oubliés, au contraire : ce sont les prémisses de grands textes.

(Est-ce que Jeanne Debreuil a des « premiers textes » ? À quoi ses brouillons ressemblent-ils ? Son écriture ? Ses ratures ? Est-ce que je ne comprends pas Jeanne Debreuil parce qu'il me manque une partie de son parcours ?)

Le premier poème publié par Duclos dit tout de ce qu'il écrira ensuite :

La nuit s'englobe sur elle-même

(J'ai attendu la suite du poème mais il s'est arrêté. Après vérifications, c'est un poème composé d'un seul monostique.)

Hervé Flerc nous a fait remarquer que c'était un vers en neuf syllabes centré autour du « be » d' « englobe », ce son « be » qu'on retrouve dans toutes les premières lignes des romans de Duclos. Ce « be » renvoie à « Berechit », le premier mot de la Bible, signifiant « Au commencement ». Cette référence omniprésente et pourtant quasi invisible est la clef de voûte de l'œuvre de Duclos, compréhensible seulement par ce premier poème.

Également, ce vers est construit en parallèle : « La nuit » en opposition à « elle-même », L-N et L-M se reflètent, : Duclos aime les miroirs déformants, troubles par ce qu'ils renvoient de nous-mêmes.

(La fille a sorti un livre, qu'elle a commencé à feuilleter en prenant des notes directement dessus. J'ai arrêté d'écouter Flerc pour tenter de deviner ce qu'elle lit. L'intervenante suivante vient d'arriver, la fille s'est levée de son siège en laissant ses affaires. Je la suis.)

-    « Le futur ininventable ou la post-utopie » d'Estrella Mariani

(Note : retrouver une captation sur internet ou d'autres travaux de Mariani sur le sujet.

Elle m'attendait. Elle avait sorti une cigarette et elle fumait devant la fac. Elle me tendit une cigarette que je refusai. Elle haussa les épaules et rangea son paquet dans sa poche. Elle me considéra quelques secondes avant de me demander :

« Tu es étudiante ici ?

- Non. Je suis venue pour les colloques.

- Tu es arrivée en retard. »

Ce n'était pas un reproche.

« L'introduction d'Olivier était chiante, tu n'as rien loupé. Tu fais un mémoire ?

- Ça se voit tant que ça ?

- Qui viendrait à un colloque sur Richard Duclos un samedi ? »

Elle rit, pas du tout un rire comme je l'aurais imaginé : pas un rire rauque, enfumé, séduisant mais un rire de petite fille, un gloussement puéril mais communicatif. Je ris avec elle mais alors que nos deux rires commencèrent à s'éteindre, je pensai soudain qu'elle allait me demander sur quoi était mon mémoire et il me sembla essentiel de ne pas lui dire sur qui je travaillais. La simple idée qu'elle puisse me répondre « Qui ? » si je lui disais « Jeanne Debreuil » me donnait envie de vomir.

Alors je demandai avant elle :

« Tu fais ton mémoire sur quoi ?

- Richard Duclos.»

Elle laissa tomber sa cigarette, l'écrasa du pied, calmement.

« Catherine Olivier est ma directrice de mémoire.

- Je n'ai jamais lu Richard Duclos.

- Ah ? Prends *Les Désespoirs de la nuit*. C'est le meilleur.»

Elle sourit, laissa échapper de la fumée. Elle était jolie comme de l'art moderne ; on a l'impression qu'on pourrait s'habiller de la même façon, le même jean déchiré dépassé, le même tee-shirt drôle à message, la même chemise à carreaux, trop facile, que ce serait trop simple d'être belle comme ça, n'importe qui pourrait...

Mais j'étais attirée par elle sans comprendre pourquoi et elle me troublait.

Elle ajouta, une note en bas de page :

« Enfin, selon ma directrice de mémoire.

- Pourquoi tu l'as choisi ?

- Olivier ou Duclos ?

- Duclos. »

Elle haussa les épaules.

« Parce que personne n'avait fait de mémoire dessus et que ma directrice m'a incitée à le faire. C'est tout. »

Je voulais lui demander pourquoi elle faisait de la littérature mais cela me parut soudain terriblement intime. Elle devait me rester incompréhensible. Je regardai mon téléphone : il n'était même pas quinze heures.

« Tu veux prendre un café en attendant Duclos ? »

Aussi sensuel que si je lui avais proposé de louer une chambre pour l'après-midi. Peut-être que c'était ce que j'avais dit. Peut-être que je le sous-entendais. Peut-être que si un universitaire du même genre qu'Hervé Flerc avait entendu ma question, il l'aurait analysée dans le cadre d'un colloque sur « le saphisme moderne ».

Ou peut-être que je lui avais proposé de prendre un café.

Dans tous les cas, elle secoua la tête.

« Faut que je... »

Et elle s'arrêta, incapable de trouver une excuse. Le blanc s'éternisa. Elle lâcha enfin, un crachat contre le sol :

« J'ai rendez-vous avec ma directrice demain pour lui annoncer que j'abandonne ce mémoire et mon master. Je me casse. Je pars trois mois en Espagne dans une ferme. »

Et avec un regard d'excuse (pour le café ? Son mémoire ? L'Espagne ?), elle rentra dans la fac.)

- Entretien avec Richard Duclos

L'entretien fut mené par Catherine Olivier et Hervé Flerc.

(J'ai pris un café toute seule. À mon retour, je ne l'ai pas vue dans l'amphithéâtre.)

Plutôt que de recopier toutes les questions et toutes les réponses de Richard Duclos, j'ai préféré sélectionner celles qui me semblaient pertinentes pour mon mémoire.

C. Olivier : Votre œuvre majeure, *Mémoire d'un instant*, a ce que j'appellerai une faute de Schrödinger : « Mémoires » dans le sens où on l'entend en littérature, a un « s » mais dans votre titre, le « s » est absent. Faute volontaire ou pas ?

H. Flerc : Ce « s » absent, outre la référence au « h » supplémentaire faisant passer Abram à Abraham, semble crier que cette mémoire « d'un instant » est précisément trop courte pour mériter un « s ».

R. Duclos : Je n'ai jamais été bon en orthographe. Ce que vous me dites me fait penser à ce poème de Prévert, sur la « giraffe » avec deux « f », sa « très grande faute d'orthographe ». Peut-il y avoir des fautes en littérature ?

(R. Duclos ne ressemble à rien d'extraordinaire et pourtant, encore brûlante de ma conversation devant l'entrée de la fac, je ressens une haine profonde pour chacun de ses traits. Rien que sa façon de croiser les bras, l'air attentif, en écoutant les questions qu'on lui pose, m'exalte de rage. Je tape trop fort sur mon clavier et j'ai envie qu'il l'entende.)

H. Flerc : Ce « Be » qu'on retrouve dans tous vos livres, c'est une forme d'arrêt. On Bute et on n'arrive pas à aller jusqu'au « c » finalement.

R. Duclos : Je bégayais quand j'étais enfant. J'ai peut-être voulu exorciser certains démons...

(Je n'écoute rien et je sais que je peux inventer les questions et les réponses tant elles sont prévisibles et superficielles, personne ne va rien me dire car personne ne va lire ce compte rendu.)

C. Olivier : Peut-on prendre sa retraite en littérature ?

R. Duclos : C'est la littérature qui prend sa retraite de l'auteur et pas l'inverse. Mais je n'en suis pas encore à là. Je crois à un certain pouvoir de la littérature.

(Note : supprimer les parenthèses avant d'envoyer le compte rendu à Dumonier.)

sarah.doc

Date : fin avril 2016.

« Je crois à un certain pouvoir de la littérature. » Sarah avait déjà dit quelque chose comme ça. Quand était-ce ?

Ce devait une des nombreuses discussions que nous avons eues quand elle rangeait ses livres. La bibliothèque de Sarah était, est toujours d'ailleurs, un désordre absolu. On devait être en M1, on était encore ensemble mais c'était quelques jours avant qu'on se sépare, le week-end d'avant.

« Tu as vu mon Gargantua ? Non, laisse tomber, c'est bon. »

Toujours la même chose : Sarah m'avait invitée, enfin « invitée ». Je vivais presque chez elle tant j'y passais mes journées et mes nuits. Mais cette fois, j'avais dit que je ne pouvais pas, que je devais travailler, ce à quoi elle m'avait proposé de faire mon devoir avec moi. C'était une mauvaise habitude que nous avions adoptée quelques semaines après nous être rencontrées : une bonne partie des devoirs que nous rendions était écrite à deux. Mais pour ce travail, impossible, lui avais-je expliqué : c'était un exposé et par expérience, j'étais incapable de ressortir seule à l'oral ce que nous avions fait en duo. Sarah avait semblé déçue, une seconde à peine le temps de dire :

« Tu peux venir quand même : tu travailles pendant que je range ma bibliothèque. Et quand tu auras fini et quand j'aurai fini, on pourra faire autre chose. »

Comme d'habitude, j'étais venue avec mon ordinateur et bien décidée à finir cet exposé qui me prenait la tête depuis une semaine. Comme d'habitude, après trente minutes de relative tranquillité, Sarah avait commencé à me poser mille questions en rangeant, questions auxquelles elle répondait elle-même dans la seconde. Il suffisait qu'elle me demande où se trouve un livre pour qu'elle le retrouve dans l'instant. La première fois, j'avais vaguement jeté un œil sur les piles d'ouvrages posées à travers la pièce mais au bout du cinquième « Tu n'aurais pas vu… », j'avais compris que c'était inutile.

De toute façon, elle avait été très claire :

« Tu ne m'aideras pas. Je déteste qu'on range mes livres pour moi. »

Rien à rajouter : j'étais parfaitement d'accord.

Ce que je ne m'expliquais pas, c'était la quantité de livres qu'elle comptait faire rentrer dans une aussi petite bibliothèque. Un véritable travail de Pénélope : elle arrêterait au moment même où je dirais avoir fini, en prétextant qu'elle avait « déjà bien avancé pour aujourd'hui ». Travail perpétuellement en construction, toujours retardé par l'attention que Sarah portait à chacun des livres qu'elle rangeait, en rajoutant toujours un petit commentaire :

« C'est vraiment une épave... »

Le terme d'« épave », mot tendre dans sa bouche, s'adressait à un des livres les plus abîmés que j'avais vu de ma vie. Plus de couverture évidemment, des déchirures sur les pages et l'ensemble ne tenait plus. Ce n'était même plus un livre mais un amas de papiers numérotés et peut-être pas dans le bon ordre. Cela n'empêcha pas Sarah de poser cette chose, après quelques secondes de réflexion, entre *Le Père Goriot* et *Mrs Dalloway*.

« Qu'est-ce que c'est ? Ce... livre ? »

Je déteste voir des livres abîmés. Tous mes livres sont parfaitement rangés, dépoussiérés, jamais annotés, jamais éraflés. Sarah, après un coup d'œil sur ma bibliothèque, dans mon petit 20 m^2, m'avait dit que j'aurais dû être documentaliste, avec une légère pointe de mépris dans la voix, ce à quoi j'avais répondu que la documentaliste de mon lycée était celle qui m'avait conseillé toutes mes meilleures lectures et que je ne voyais pas en quoi c'était un problème d'avoir une bibliothèque ordonnée. Elle n'avait rien dit, juste levé les yeux au ciel puis elle avait manqué de renverser son thé sur *Un amour de Swann* qui traînait sur ma table de chevet.

Mes livres sont rangés par ordre alphabétique et par genres : les romans, les recueils de poésie, les pièces de théâtre… Par auteurs, la chronologie s'impose, en commençant par le premier livre et en finissant par le dernier. Je n'ai chez moi que les ouvrages pouvant m'être utiles pour mes études : le reste de ma bibliothèque est resté dans l'Eure, attendant le moment où je ferais mes cartons pour de vrai et que je quitterais le nid familial pour d'autres horizons.

Le classement de Sarah était... plus abstrait, preuve en était par ce qu'elle me répondit :

« *Bérénice.* »

Un Racine, coincé entre Balzac et Virginia Woolf. Aucune combinaison ne semblait donner un sens à ce choix : ce n'était ni un ordre alphabétique ni un ordre chronologique qui guidait ses placements. Ce n'était pas par genres non plus. Par couleurs des tranches, peut-être ? Par maison d'édition ? Non : les Folio, les Gallimard, les Acte Sud étaient côte à côte sans considération aucune pour la taille des différents ouvrages. Des bandes dessinées étaient placées à côté de poches, un dictionnaire écrasait *Une saison en enfer* par sa massive présence (Rimbaud en aurait eu honte).

Tous ces livres portaient des stigmates mais c'était la marque que leur donnait Sarah : à peine avait-elle un ouvrage dans les mains qu'elle le griffonnait, qu'elle pliait les pages pour faire des repères, qu'elle le trimballait dans son sac jusqu'à ce qu'il finisse, dans le pire des cas, à ressembler à ce pauvre exemplaire de *Bérénice.* À côté de ça, les livres qu'elle empruntait à la bibliothèque universitaire étaient toujours impeccables, ce qui m'interpellait d'autant plus : elle était capable de ne pas abîmer un livre s'il n'était pas à elle, alors pourquoi détruisait-elle les siens avec tant de soins ?

À l'époque, elle envisageait de faire un mémoire sur le symbolisme mais peut-être avait-elle déjà renoncé à me le dire ? J'aurais pu deviner, si j'avais été attentive, tous les signes étaient là : Rimbaud, sagement rangé, Debreuil, posé sur sa table de chevet, les pages pliées et griffonnées. Si j'avais fait attention, si j'avais regardé les livres qui n'étaient pas dans la bibliothèque, j'aurais compris et sans doute aurais-je fait mon mémoire sur Barbara au lieu de Debreuil.

« Pourquoi tu le ranges là ? »

Elle ne daigna pas répondre. C'était la cinquième fois que je lui posais la question, pour cinq livres différents. La première fois, elle m'avait dit : « Je teste une organisation différente. » La deuxième fois : « Je le mets de côté. » La troisième fois : « Parce que. » La quatrième fois, elle avait juste secoué la tête, comme si c'était la mauvaise question à poser mais je n'avais que des mauvaises questions en tête ce jour-là :

« Comment tu... Qu'est-ce qui détermine tes choix ? »

Elle haussa les épaules :

« L'instinct. L'envie. Il n'y a pas vraiment de raison. »

Et avant que je ne pose d'autres questions, elle demanda, en rangeant un tome de *Naruto* près d'une pièce de Tchekov :

« C'est quoi ton livre préféré ? Je ne t'ai jamais demandé.

- C'est interdit comme question quand tu fais de la littérature. Impossible de répondre. »

Un son réprobateur fut sa seule réponse.

« C'est vrai ! C'est impossible d'avoir un livre préféré, préféré selon quels critères ? Le plus intéressant à étudier ? Le premier que tu as aimé ? Celui qui est vraiment nul mais que tu as lu mille fois ? Celui de tes treize à quinze ans, celui de tes seize à dix-huit ? Celui qui t'a donné envie de faire des études littéraires ?

- Tu peux tous me les dire, si tu veux. Attends, attends, on le fait en même temps. »

Sarah commença à compter avec ses doigts :

« Un ! Le premier livre que tu as aimé ?

- *Le Club des Cinq au bord de la mer.* »

J'aurais pu dire « la biographie de Patrick Bruel », elle n'aurait pas été si étonnée :

« C'est une antiquité !

- Ma mère a gardé sa collection, celle qu'elle avait quand elle était petite. Elle m'a mis ça dans les mains le plus tôt possible. Et toi ?

- *Le Fantôme décapité.* C'est un Chair de Poule. On était tous les deux en recherche de frissons apparemment. Oh d'ailleurs... »

Elle sortit un tas de papiers (le mot livre aurait été trop généreux) d'entre une biographie de Lorie et *L'Etrange destin de Wangrin* et elle me le présenta triomphalement :

« Je l'ai encore ! Il m'avait tellement fait peur... Mais je l'ai relu un milliard de fois ensuite. Ensuite... Deux ! Celui qui t'a donné envie de faire des études littéraires ?

- *Les Liaisons dangereuses.* Ma prof de français nous l'avait donné à lire pendant les vacances et j'avais détesté le lire toute seule mais j'avais adoré l'étudier en classe. C'était la première fois... »

Le regard de Sarah était intense, plus intime que pour notre premier baiser. Nous partagions tant à ce moment, et partager, c'est être au sommet d'une falaise et tout lâcher en espérant que l'autre nous retienne. J'avais le vertige mais je finis quand même ma phrase :

« … C'était la première fois que je comprenais que les livres n'étaient pas que des choses qu'on lisait puis qu'on posait pour lire le prochain. J'ai compris qu'on pouvait passer du temps dessus, même découvrir un deuxième livre dans le livre, que ça pouvait valoir le coup de relire des dizaines de fois le même paragraphe pour analyser les subordonnées, pour voir comment un personnage manipulait subtilement un autre… »

Envie de mettre du scotch sur ma bouche pour m'empêcher de parler mais à la place, je baissai les yeux, non pas sur le sol mais sur d'autres livres qui attendaient en vain que Sarah les place un jour dans sa bibliothèque. Et c'est justement l'un d'eux qu'elle prit, en faisant deux pas vers moi pour me mettre sous le nez des pages et des pages griffonnées :

« C'est *Howl*, d'Allan Ginsberg.

- Ce n'est pas ton écriture. »

Sarah allait continuer mais elle s'arrêta un instant, savourant visiblement l'agréable pensée que je reconnaissais son écriture à l'œil. Elle m'embrassa la joue puis elle me mit une page sous les yeux : « C'était à ma mère mais elle me l'a donné. Ce sont ses notes. Je suis tombée dessus quand j'avais quinze ans et j'avais essayé de le lire mais je ne comprenais rien : je n'étais pas très bonne en anglais et en plus l'anglais de *Howl,* un anglais poétique, avec des références biographiques, historiques, de l'argot... Mais je le reprenais toujours parce que je voulais comprendre les notes de ma mère. Regarde celui-là "Transcription of Organ music". »

Sur la page, juste en dessous du titre du poème, un commentaire : « Magnifique ! » puis des vers entourés, des mots parfois, des « oui !!!!! », des « oui oui oui » et une strophe entourée trois fois, soulignée deux fois, avec quatre « oui » autour :

The music descends, as does the tall bending stalk
of the heavy
blossom, because it has to, to stay alive, to
continue to the last
drop of joy.

157

The world knows the love that's in its breast as in
the flower,
the suffering lonely world.
The Father is merciful[22].

Et la voix rêveuse de Sarah, racontant son histoire,

couvrant ces quelques mots d'encore plus d'amour que

sa mère ne l'avait déjà fait :

« Je ne comprenais pas mais je comprenais que ma mère

avait adoré ce passage, alors j'essayais de comprendre

parce que je voulais la comprendre. J'avais tapé chaque

mot dans un traducteur en ligne et ça n'avait aucun sens,

j'avais fini par trouver une vraie traduction officielle sur

internet mais je ne comprenais pas non plus parce que

c'est bizarre comme poème, non ? Et je ne voulais pas

lui demander, je ne voulais pas qu'elle m'explique

---

[22] « La musique descend, comme le fait la haute tige courbée du
lourd bouquet,
car il le faut, pour rester en vie, pour continuer jusqu'à la dernière
goutte de
joie. / Le monde sait l'amour qu'il y a dans sa poitrine comme dans
la fleur, le
monde solitaire et souffrant./Le père est miséricordieux. » *Howl*,
Allan Ginsberg. (trad. Robert Cordier et Jean-Jacques Lebel)

pourquoi elle aimait, je voulais aimer comme elle. C'est un peu un mystère ma mère, tu l'as vue une fois, non ?» Un week-end seulement : Sarah avait réussi à m'amener chez sa famille, chez sa mère divorcée et célibataire et ses deux plus jeunes frères, pour allumer une bougie de Hanoucca. Sa mère n'avait pas dit grand-chose, laissant Sarah parler, se disputer avec ses frères, se réconcilier dans la seconde : elle fumait à la fenêtre, m'avait posé des questions sur le livre que je lisais en ce moment, avait rapidement parlé de sa lecture du moment « une biographie d'Amy Winehouse, moi qui n'aime pas beaucoup les biographies, celle-là est vraiment bien écrite ». Il y avait des vinyles au mur, du Kerouac et du Despentes dans la bibliothèque, des CDs Bérurier Noir sur une étagère, mais aussi des photographies de la mère de Sarah avec ses collègues lors d'un team-building dans une accrobranche, un tableau des tâches ménagères à se répartir et une liste de courses sur le frigo « saumon, petits pois, aller à Picard ». Un poster de Nina Hagen bien encadré (« c'était la chanteuse préférée de ma mère quand elle était ado » m'avait chuchoté Sarah), protégé sous du verre, un Keith Haring sur une serviette de table.

Vers la fin de la soirée, après quatre chansons des Fatals Picards, elle avait mis du Jean-Jacques Goldman («Il a bien raison de s'être retiré du métier, il ne faut pas se forcer dans la vie, j'ai beaucoup de respect pour les gens comme ça») et c'était la dernière image que j'avais d'elle : une cigarette à la main à la fenêtre et chantant pour elle-même : « Elle a comme une petite douleur dans le regard… Cette ombre qui rend les gens fréquentables…» Sarah m'avait effleuré le coude et je m'étais plongée dans la contemplation du visage de Nina Hagen.

Je haussai les épaules :

« Pas si mystérieuse. Une punk devenue mère de famille.

- Et c'est pas un mystère pour toi, ça ? Elle lit des livres, une tonne de livres et elle dit que c'est très bien, et elle les range et après elle fait la vaisselle, elle va au travail, elle fait des réunions, elle rentre, elle lit un autre livre et ainsi de suite, mais là, c'est un extrait d'adolescence brut, de la jeunesse condensée, du vrai sentiment. Ce… pouvoir de la littérature sur son cerveau d'ado pas encore fini.

160

- Le pouvoir de la littérature…
- Oui bah, oui. C'est quelque chose au moins. Tu ne fais pas de la littérature si tu n'y crois pas un peu. Tu n'y crois pas, toi ? »

J'esquivai la question par une autre :

« Tu ne lui as jamais demandé ? À ta mère. Pourquoi elle aimait ce poème.

- Non. J'ai commencé à comprendre le poème toute seule et à l'aimer toute seule et ça ne servait plus à rien de lui demander. Peut-être que je lui offrirai une belle édition un jour…
- C'est drôle… Je crois que j'ai trouvé mon livre préféré. »

Elle m'embrassa, comme une récompense. Ses lèvres cherchèrent ma réponse dans ma bouche avant même qu'elle n'atteigne ma langue et je ne pus parler que parce qu'elle se détacha pour supplier :

« Dis-moi, dis-moi, dis-moiiiiiiiiiii.

- C'est un recueil de blagues juives. Qui appartenait à mon grand-père. »

Ça aurait dû suffire, en tout cas, c'était très clair pour moi, mais pas pour Sarah :

« Un recueil de blagues ? Toi, un recueil de blagues ?

- C'est comme toi avec ta mère et son recueil. Il était dans un carton du grenier… Ma mère ne va jamais au grenier. Mon grand-père est mort quand j'étais toute petite, je l'ai à peine connu. Il y a des cartons avec ses affaires dedans, des choses vraiment… bêtes parfois, comme un cahier dans lequel il n'a jamais écrit, une paire de chaussures, une chemise… Et il y a quelques livres et il y a ce recueil de blagues, publié dans les années quatre-vingt-dix… Et ce ne sont que des blagues juives, que des blagues que je ne comprends pas toujours parce que parfois il y a des références religieuses ou des jeux de mots en yiddish. Et il y a des blagues qu'il a entourées, sans commentaire, elles sont juste entourées et je ne sais pas pourquoi elles sont entourées. Je devrais amener ce bouquin à un rabbin pour qu'il m'explique, mais peut-être qu'il n'y a rien à expliquer… »

Le silence n'était pas dans la pièce, il était en moi, entre chacun des mots que je prononçais, à chaque pause que je faisais, le silence s'engouffrait et je me retenais de m'éloigner de Sarah, de peur de l'engloutir :

« ... Et c'est bizarre de dire que c'est mon préféré, mais de tous les livres que j'ai, de tous ceux que j'ai lus, c'est celui que je comprends le moins et... »

Le silence gagna et avala ma dernière phrase.

journaldememoire.doc

Suite de l'article précédent, j'ai trouvé le titre exact en fouillant : « Le non-dit de la chanteuse »

« ... Le secret hante les œuvres de Debreuil, comme il hante les maisons qu'elle peint, ce que l'on retrouve déjà dans *Au cœur de la nuit*. Le mot apparaît dès la préface, brève :

> Le secret est un poison, qui s'insinue lentement, doucement, par ce que nous ne disons pas. Il se penche à nos oreilles, il encercle nos lèvres, pénètre le moindre orifice, ne nous laisse aucun répit. Il n'existe pas ; rien que d'y penser, on a l'impression de le trahir. C'est un aigle noir, un bel aigle noir, qui plane sur nos vies, sur *leurs* vies[23].

---

[23] Jeanne Debreuil, *Au cœur de la nuit*, La Bibliothèque, 1988, p. 3.

163

Toutes ces nouvelles ont pour thème commun le non-dit, l'absence de parole, ce qui amène parfois à des conséquences dramatiques : une femme adultère, une chanteuse sans voix, une mère de famille qui n'ose pas dire à ses enfants que le Père Noël n'existe pas... Des secrets et des mensonges bien faciles. Pourtant, au cœur de ces secrets, Debreuil en rajoute d'autres : pourquoi la chanteuse perd-elle sa voix ? Si le père Noël n'existe pas, qui les enfants ont-ils rencontré lors de cette nuit de Noël au pied du sapin, à la grande surprise de leur mère, et pourquoi était-elle déjà inquiète pour eux ? Qui est l'amant mystérieux de cette femme adultère, ce « quelqu'un d'autre », pour la citer, et pourquoi son mari pâlit-il en entendant son nom, que le lecteur n'apprend jamais ? À peine le secret est-il dévoilé que Jeanne Debreuil en invente un deuxième. La résolution est factice.

Les derniers mots de « L'autre » sont révélateurs, car ils ne révèlent rien :

« Qui est-ce ? Qui est ce salopard ? » n'arrêtait-il pas de demander à son épouse, qui ne répondait pas. Elle ne parlait pas, elle ne parlait plus. Elle lui avait dit qu'elle voyait quelqu'un d'autre, et c'était tout. Cela aurait dû être suffisant, mais cela ne l'était pas. Il voulait savoir, tout savoir, jusqu'au bout.

Elle finit par souffler :

« Tu vas lui faire du mal.

- Non. Je le promets. Mais dis-moi.
- Pourquoi ?
- Pour que je comprenne pourquoi. »

Alors elle dit son nom. Son mari pâlit. Il ne posa plus de questions après cela[24].

Le nom est absent du texte, tout comme la description de l'amant. Jamais l'épouse ne parle de lui, jamais elle ne le décrit. C'est simplement « quelqu'un d'autre », dont elle parle finalement à son mari, un dimanche midi. Toute la nouvelle se focalise sur ce dimanche, sur les instants précédant la révélation qui brûle les lèvres de l'épouse. La raison même du secret est absente, seul reste le mensonge, pesant. Le nom a un tel pouvoir sur le mari qu'il finit par se taire. Quel est cet interdit, cette parole sacrée trop puissante pour être seulement écrite, à peine prononcée, celle qui rend

---

[24] Ibid, p. 73.

muet ? Pourrait-elle être celle qui a enlevé sa voix à la chanteuse ? »

25 novembre – mail de Nicole Dumonier

Chère Nathalie,

Merci pour ce compte rendu qui, j'en suis certaine, vous a permis d'avancer sur votre mémoire.

Concernant votre question, je ne sais pas si ma réponse vous conviendra : Dalila était une figure controversée du milieu littéraire il y a une dizaine d'années mais je ne crois pas l'avoir vue dans le monde universitaire depuis. « Dalila » était un pseudonyme mais j'avoue ne pas connaître son véritable nom. C'était la directrice d'une revue littéraire, *L'Errance*, et en effet, elle a écrit quelques critiques sur Debreuil. J'ai moi-même eu l'occasion de collaborer avec *L'Errance* et avec Dalila elle-même mais je ne crois pas avoir conservé des numéros de cette revue ; si je retrouve certains de mes textes, je vous les enverrai. Je ne suis malheureusement pas restée en contact avec elle et j'en suis navrée car son expertise aurait effectivement pu vous être utile. J'ai cependant réussi à obtenir un entretien radiophonique que Dalila avait fait sur Debreuil : je ne vous blâme pas de ne pas en avoir entendu parler, c'était dans une émission qui ne passe plus aujourd'hui.

J'en profite d'ailleurs pour vous rappeler que d'ici la fin du premier semestre, en décembre, il faudra m'avoir rendu une partie de votre mémoire : cela pourrait être votre introduction et votre première partie, par exemple ? Vous serez notée sur ce premier travail donc ne m'envoyez pas un brouillon !

Bien à vous,

Nicole Dumonier

journaldememoire.doc

Retranscription d'une partie de l'émission radiophonique *La Tour de Babel*, mars 1996

Journaliste : Bonjour et bienvenue dans *La Tour de Babel*, une émission consacrée à la littérature, de toutes les langues, par toutes les langues. Aujourd'hui, cet épisode spécial est consacré aux mystères littéraires, aux auteurs dissimulés et entourés d'obscurité. Pour commencer cette émission, nous allons parler de Jeanne

Debreuil, écrivain mystérieux dont on ne connaît pas la véritable identité à ce jour…

Dalila : Excusez-moi de vous interrompre mais sa véritable identité est Jeanne Debreuil. Ce qu'elle est, c'est Jeanne Debreuil.

Journaliste : Je suis accompagné d'une spécialiste de Jeanne Debreuil et directrice en chef de *L'Errance*, Dalila.

Dalila : Merci de m'accueillir.

Journaliste : Vous disiez que Jeanne Debreuil était sa véritable identité ?

Dalila : Ce n'est peut-être pas son nom à l'état civil, si c'est ce que vous voulez dire. Mais c'est son identité littéraire et celle-là est pleinement assumée. Elle pourrait ne pas signer ses livres mais elle a choisi un nom. En un sens, Jeanne Debreuil est bien l'auteure de ses livres. C'est son nom d'artiste et donc son véritable nom, son hétéronyme si vous préférez.

Journaliste : C'est, je crois, l'un des rares points communs que vous avez avec Mayim, une de votre collaboratrice de *L'Errance* : vous ne souhaitez pas trouver qui se cache derrière Jeanne Debreuil.

Dalila : J'en suis curieuse mais non, cela ne me tente pas. La littérature est après tout une recherche sans réponses, c'est ce qui fait, selon moi, son intérêt.

Journaliste : Vous ne pensez pas qu'on puisse expliquer des textes par leur auteur ?

Dalila : C'est dépassé. Aujourd'hui, l'auteur moderne est anonyme et ça, Jeanne Debreuil l'a parfaitement compris. Ce qui compte, ce n'est pas ce qu'elle est quand elle prend son café le matin - si elle prend un café ! Mais bien ce qu'elle écrit, sa personnalité d'auteur si vous préférez.

Journaliste : Est-ce…

Dalila : Et, en allant plus loin, l'auteure Debreuil nous dit déjà tout de ce qu'elle est dans ses livres. Elle est aussi réelle qu'un de ses personnages. Elle est un personnage, comme nous sommes nous-mêmes des personnages dans nos propres vies.

Journaliste : Un autre point commun que vous avez avec Mayim, c'est que, comme Jeanne Debreuil, vous utilisez toutes les deux un pseudonyme. C'est même une politique que vous avez imposée aux contributeurs de votre revue. Si c'est quelque chose qui se fait beaucoup dans le milieu artistique, c'est moins courant chez les universitaires.

Dalila : C'est précisément pour cette raison que je le fais. Comment pourrais-je comprendre une auteure dont je ne connais pas le nom sans moi-même me mettre à sa place ? Si je ne connais pas son nom, doit-elle connaître le mien ? Jeanne Debreuil propose une littérature qui se lit « sous le manteau », anonymement. Je me cache de Debreuil, comme elle se cache de nous et je me cache des autres lecteurs de Debreuil. Mais c'est en se cachant que nous devenons visibles. Debreuil aurait-elle écrit sans un pseudonyme ? Je pense que non.

Journaliste : Pour rebondir, je vous propose d'écouter une lecture d'un extrait *d'Au cœur de la nuit,* par une comédienne de la Comédie-Française, Marie Chalucin.

Extrait (la lecture est accompagnée d'une mélodie au piano) :

La main serra son poignet, sans violence. La violence était dans les images du film mais pas dans cette emprise. La force que la main y mettait était un appel à l'aide, une plainte terrifiée. Ce que la main demandait, c'était qu'on ne la lâche pas et pour s'en assurer, c'était elle qui avait pris le poignet, un poignet qui apparaissait comme un phare, un poignet où elle jetait son ancre. La main n'existait plus que par ce lien au poignet et ce poignet et cette main n'existaient plus que l'un envers l'autre.

Journaliste : Merci à Marie Chalucin pour cette lecture *d'Au cœur de la nuit*, nous allons…

Dalila : Si je puis me permettre, si j'apprécie le talent de Marie Chalucin, j'ai trouvé le piano superflu. Le texte de Debreuil, si jamais il doit être lu – et je persiste à croire qu'il est fait pour être apprécié dans une lecture personnelle, silencieuse, chuchotée tout au plus – ce texte donc, n'a pas besoin d'artifice pour être mis en valeur. Ce n'est pas un texte théâtral, c'est un texte qui refuse la théâtralité, intrinsèquement.

Journaliste : Mais est-ce à l'auteur…

Dalila : L'auteurE…

Journaliste : … L'auteurE Debreuil de décider ce que nous devons faire de son texte ? Ne croyez-vous pas à la mort de l'auteur ?

Dalila : Evidemment, et quand je dis que le texte de Debreuil n'est pas fait pour être lu à voix haute, je donne mon avis en tant que chercheuse, de la même façon qu'un sommelier conseille un vin pour accompagner une viande, mais la viande elle-même, peut-être préférerait-elle être accompagnée d'un chardonnay plutôt que d'un bordeaux ? Mais ce n'est pas elle qui décide, c'est le sommelier, et j'ai même envie de dire, c'est celui qui la mange qui choisit, comme c'est le lecteur qui décidera de ce qu'il veut faire de Debreuil.

Journaliste : Que serait un sommelier sans ses vins ?

Dalila : Ah ! Borges a répondu à cette question, dans « La Bibliothèque de Babel ». Il imagine un monde sans lecteurs, seulement des livres et des chercheurs, un monde uniquement fait d'une bibliothèque infinie. Je suis en train de travailler sur un article analysant cette nouvelle et en la mettant en perspective avec Jeanne Debreuil mais pour vous répondre rapidement, j'ai choisi de centrer ma vie autour de la littérature : comment imaginer autre chose ? Cela dépasse mon imagination.

Journaliste : *L'Errance* est née de cette volonté d'unir vos forces si j'ose dire, avec d'autres personnes partageant cette vision. Vous allez même plus loin que d'autres en gardant en permanence ce pseudonyme, alors

172

que d'autres ne cachent pas vraiment leur véritable identité. Votre pseudonyme ne serait-il pas, comme Debreuil, votre véritable identité ?

Dalila : Peut-être mais pour répondre, il me faudrait admettre que je suis certaine de ce qu'est mon identité, de ce qu'est même l'identité et malheureusement, j'ai un doctorat en littérature et pas en philosophie.

Journaliste : C'est effectivement une question complexe ! Pour revenir à un sujet plus simple, votre revue fait l'objet de critiques récemment car on l'accuse de surtout s'intéresser à Debreuil. Un de vos contributeurs a d'ailleurs choisi volontairement d'arrêter de participer à *L'Errance*, car il regrettait, je cite, « la diversité littéraire et artistique des premiers numéros, écrasée aujourd'hui par la debreuillophilie de sa rédactrice en chef ». Qu'en pensez-vous ?

Dalila : *L'Errance* n'est ni un manuel scolaire, ni un « grand » journal, tiré à des millions d'exemplaires. Nous ne devons rien à personne. Je pourrais choisir de centrer les prochains numéros uniquement sur Rimbaud et ce serait, je crois, mon droit le plus strict.

Journaliste : Vous n'êtes pas debreuillophile ?

Dalila : Ce mot est trop laid pour me correspondre.

Journaliste : Vous évoquiez Borges et pour rester dans la littérature sud-américaine, la deuxième partie de l'émission va parler d'un auteur chilien peu connu en France car il n'a pas encore été traduit. Vous parlez vous-même couramment espagnol et vous avez passé de nombreuses années en Amérique du Sud, où vous avez eu l'occasion, je crois, de le rencontrer. Pourriez-vous nous l'introduire ?

(Ils ne parlent plus de Debreuil dans le reste de l'émission[25].)

Dalila n'évoque pas d'entretien mais cette émission date de quelques années avant le colloque de Mayim. Peut-être n'a-t-il pas encore eu lieu. En regardant ses travaux à la bibliothèque et en les datant, il semblerait qu'elle n'ait rien écrit depuis une bonne vingtaine d'années. Je ne suis pas sûre de savoir ce qu'elle fait aujourd'hui.

Peut-être que c'est Jeanne Debreuil. L'idée m'a déjà traversé l'esprit : qu'est-ce qui empêcherait Debreuil,

---

[25] Rodrigo Mazzoti, « De Debreuil à Bolaño : la quête de Dalila », *La Tour de Babel*, 18 mars 1996.

dans son parfait anonymat, de s'étudier elle-même ? Son travail est de la chair à mémoire, à colloque ; le profil typique d'une universitaire. Ce serait une arnaque magnifique, trop belle pour être vraie.

Je n'ai pas osé envoyer un mail de remerciement à Dumonier car cela m'obligerait à lui dire que mon introduction a déjà été refaite quinze fois, que ma première partie est devenue ma dernière partie, qu'elle a disparu, réapparu, qu'elle est pleine de fautes, que rien ne ressemble moins à un mémoire que ce que je fais actuellement. Cela fait deux semaines que j'évite ma propre directrice de recherche dans les couloirs, je ne vais pas me faire avoir par un simple mail. Le pire étant qu'en évitant Dumonier, je ne peux pas éviter Sarah.

Elle m'a invitée à son anniversaire. Enfin, « invitée ». Elle m'a envoyé un SMS avec la date et le lieu (son appartement dans lequel elle a déménagé il y a peu). Elle m'a indiqué où ça se passerait, au cas où… Au cas où quoi ? Elle n'était pas obligée de me le dire. Pourquoi m'inviterait-elle ? Alors elle ne m'invite pas mais elle m'avertit. Pour que je le sache. Pour que je vienne mais ce sera de mon plein gré. Elle ne m'aura pas invitée, ce ne sera pas de sa responsabilité.

Je n'ai pas acheté de cadeau.

Extraits de « L'extinction du chercheur », Dalila, dans *L'Errance*.

Il est frappant de constater, à la lecture de Borges et de ses plus célèbres nouvelles, à quel point la figure du chercheur, on pourrait même dire, du lettré, s'apparente à celle d'un enquêteur ou d'un pèlerin. Plus enquêteur que pèlerin ; le pèlerin sait ce qu'il cherche. Le chercheur est un chercheur dans tous les sens du terme ; dans « La Bibliothèque de Babel », on pourrait presque l'imaginer à genoux en train d'étudier rayon par rayon. Il cherche le livre, il erre ; le chercheur bouge. Il erre dans les bibliothèques, il traverse des mondes entiers pour pouvoir échanger quelques mots avec Homère.

L'aventurier et le chercheur se ressemblent, bien que les trésors que l'on trouve dans le dernier cas soient bien moins tangibles.

C'est une quête qu'il ne peut accomplir avec d'autres. La littérature est l'art de la solitude.

sarah.doc

Date : 18 novembre 2016

En sortant du métro, je suis tombée sur des élèves de notre classe. Ils m'ont reconnue mais s'ils étaient étonnés de me voir, ils n'ont rien dit. Ils m'ont proposé de faire le chemin ensemble, j'ai accepté. Arrivés devant l'interphone, ils ont dit : « On est avec Nathalie. » La voix de Sarah n'a pas hésité une seconde : « On vous attend. »

Il y a un mot dans l'ascenseur qui s'excuse d'avance auprès des voisins pour le bruit et des ballons sur la porte. Je n'ai rien, aucune offrande. Elle a ouvert la porte et le bruit, des gens qui parlent, de la musique, du verre, de l'alcool qui sent si fort qu'il résonne, tout ce bruit m'a donné un coup de poing dans le ventre et m'a fait reculer. Sarah a souri à notre groupe et nous a fait entrer d'un geste de la tête. C'est son dos, alors qu'elle est déjà retournée vers les autres invités, qui m'a fait avancer.

journaldememoire.doc

Le narrateur de « La Bibliothèque de Babel » est un chercheur, entièrement. Sa vie est une recherche permanente, comme celles de ses comparses – presque ses coreligionnaires. La société, si on peut parler d'une société, que décrit Borges est austère : une station verticale pour dormir, des toilettes, et une infinité de livres. Pas de familles décrites, la reproduction est occultée : les seuls événements sociaux, telle la création d'une secte, ne se centrent qu'autour des livres. Une civilisation uniquement composée d'intellectuels, vouée à l'extinction. À bien des égards, c'est un texte terrifiant, une plongée dans l'infini.

sarah.doc

Ce sont des chansons françaises des années quatre-vingt, ce sont des chansons en anglais que tout le monde connaît par cœur, même moi, ce sont des morceaux écrasés par les dizaines de voix qui les reprennent en chantant. On ne danse pas vraiment, on a un verre à la main et on parle dans les endroits plus éloignés des enceintes ou on crie les paroles. La cuisine, comme souvent, est devenue la salle de discussion. C'est un appartement plus grand que celui de notre premier baiser, que celui que mon livre de Genette a connu ; apparemment, elle est en collocation maintenant. Sarah a disparu mais j'entends son rire dans la cuisine.

journaldememoire.doc

Borges ne mentionne aucun créateur : c'est un monde fait de livres sans écrivains. Les ouvrages existent par simple volonté divine, ou parce que tout simplement, on n'imagine pas une bibliothèque sans livres. C'est un texte inquiétant, abyssal, car il peint un monde où les écrivains ont disparu, s'ils ont jamais existé, et où seuls subsistent les livres. Les chercheurs, dans ce qui pourrait être un paradis barthesien, étudient des livres écrits sans la moindre intention, sans la moindre humanité. Ce n'est plus la mort de l'auteur, ni même son absence, mais son inexistence. Le concept même de l'auteur n'a plus de sens. Les chercheurs eux-mêmes n'écrivent plus, ils communiquent à peine, au pire, ils détruisent − comme cette secte décrite par le narrateur qui s'attaque aux ouvrages dépourvus de sens.

Mais même leur destruction est infime, car il y a trop de livres pour qu'en jeter ait un impact sur cet univers.

sarah.doc

Dans la cuisine, Sarah, un paquet de chips à la main, discute avec une fille et un garçon de notre classe. Mon sac en bandoulière, que je n'ose pas poser, me scie le bras. Un trou noir remplace leurs noms et ils me regardent avec le même désarroi mais par chance, un garçon que je suis certaine de ne pas connaître entre à son tour. Sarah fait les présentations ; le nouveau se nomme Daniel, l'autre garçon Bilal et la fille Yseult, « Un vrai nom de littéraire », précise Sarah. Pour moi, elle hésite. Je m'apprête à faire une blague (« Tu ne te souviens plus de moi ? » mais ça aurait été si pathétique) quand elle dit :

« Nathalie ou Athalie. Ça dépend des jours. »

Personne ne m'a jamais appelée Athalie. Daniel, cet hérétique, lève les mains en signe d'excuse :

« Moi, je suis en droit. Je sais à peine lire. »

Tout le monde rit. Athalie rit aussi et essaie d'ignorer que Daniel l'observe rire. Il ouvre un placard, sort un verre ; il sait quel placard ouvrir, il sait quel verre prendre. C'est si simple et ça me brise le cœur. Il s'appuie contre le lave-vaisselle et après avoir brièvement fait le tour de l'assemblée du regard, il lance :

« Alors, pourquoi la littérature ? »

Bilal hausse les épaules :

« Pourquoi du droit ?

- Tout le monde se pose la question en droit aussi, t'inquiète pas. Pourquoi faire des études dans un monde qui se casse la gueule ? »

Tout le monde rit. Je me sers mon premier verre, un fond d'une bouteille de vin sur la table.

journaldememoire.doc

Cette impression d'infinité que ressent le lecteur tout comme le chercheur est peut-être ce qu'il y a de plus réaliste dans ce texte : la montagne de livres est immobile face à un chercheur, inébranlable, tout comme la littérature entière peut paraître comme un bloc, dont il est impossible de faire le tour.

L'autre espèce disparue de ce monde, ce sont les lecteurs. Pas à un seul moment, les chercheurs-bibliothécaires ne semblent prendre plaisir à simplement lire – et comment le pourraient-ils quand la plupart des livres sont des suites de lettres sans sens ? Il n'y a plus de plaisir de lire, plus d'interprétations possibles, plus de discussions, mais une simple recherche stérile du sens. Si l'on comprend ainsi le texte, la fin pessimiste de la nouvelle semble plus logique : un tel monde est une aberration.

sarah.doc

« Pour de vrai, pourquoi la littérature ? Pour faire quoi ? »

Yseult répond :

« Je vais devenir prof de français. Je tente le CAPES après le master.

- Mais tu n'as pas fait de la littérature pour devenir prof, si ? »

Elle hésite :

« Non. Je ne savais pas ce que je voulais faire. Je voulais juste lire des livres, je crois. »

Sarah boit d'un geste un shot de vodka et regarde Daniel dans les yeux :

« Je veux être chercheuse. Faire une thèse, devenir prof à la fac. »

Elle me terrifie ou je me terrifie par ce qu'elle me fait ressentir mais Daniel n'en a cure :

« Une sur… combien ? Quelles sont les chances ? C'est comme dire que tu fais du droit pour devenir Garde des Sceaux.

- J'ai plus de chances de devenir chercheuse que toi Garde des Sceaux. »

C'est peut-être la façon dont elle a appuyé sur le « toi », ce grondement dans sa voix, ou ses yeux qui nous ont regardés, Yseult, Bilal et moi, mais cela devient clair pour tout le monde que ce n'est pas une discussion qu'ils ont pour la première fois. C'est une scène qui a déjà été jouée, répétée en privé (quel est leur privé ?), pour la générale de ce soir, dans cette même cuisine.

Et Daniel, reconnaissant la réplique indiquant sa sortie, lève les yeux au ciel et s'apprête à quitter la cuisine. Ou peut-être qu'au contraire, il refuse de dire la réponse appropriée, qui amènerait normalement à une dispute et peut-être ensuite à une réconciliation. Il quitte la scène et Sarah, manquant d'un partenaire, dans tous les sens du terme, dans tous les putains de sens du terme, part à son tour, le pousse même pour sortir avant lui. Daniel hausse les sourcils. Il hausse les sourcils et il la suit.

Et Yseult, qui manque de toute la subtilité d'un Chrétien de Troyes mais qui nous sauvera tous car, Dieu merci, elle est en master de littérature parce qu'elle aime lire, dit, dans le silence qui suit ce coup de théâtre :

« Ils sont ensemble ? »

journaldememoire.doc

Quand le narrateur de la bibliothèque parle de « l'Homme du Livre », on est proche du « peuple du livre », nom qu'on donne aux juifs, par leur lien avec la Torah, avec le texte et sa perpétuelle analyse :

> Sur quelque étagère de quelque hexagone, raisonnait-on, il doit exister un livre qui est la clef et le résumé parfait de tous les autres : il y a un bibliothécaire qui a pris connaissance de ce livre et qui est semblable à un dieu. (…) Il est certain que

dans quelque étagère de l'univers ce livre total doit exister ; je supplie les dieux ignorés qu'un homme – ne fût-ce qu'un seul, il y a des milliers d'années – l'ait eu entre les mains, l'ait lu. Si l'honneur, la sagesse et la joie ne sont pas pour moi, qu'ils soient pour d'autres. Que le ciel existe, même si ma place est l'enfer. Que je sois outragé et anéanti, pourvu qu'en un être, en un instant, Ton énorme Bibliothèque se justifie[26].

Le Livre justifie la Bibliothèque, « Ta » Bibliothèque.

À qui s'adresse le bibliothécaire isolé ?

sarah.doc

Je suis devant la porte de la chambre de Sarah ; je ne me souviens pas d'avoir marché pour arriver là. De la salle de bains, on entend des éclats de voix, Sarah, Daniel, eux ensemble. Pourquoi ne sont-ils pas allés se disputer dans sa chambre ? La salle de bains est plus éloignée du salon. Plus discret pour une dispute conjugale.

C'est la chambre de Sarah car il y a un poster de *Mulholland Drive* sur la porte et une mezouzah sur le

---

[26] Jorge Luis Borges, Roger Caillois (trad.), « La Bibliothèque », in *Fictions*, Gallimard, 1983.

montant de la porte. J'entre. Ce sont ses livres étalés par terre, sur le lit, et certains, par miracle, rangés dans la bibliothèque. Il y a son mug préféré, celui avec écrit dessus « Drink tea, read books, be happy[27] » (elle ne boit que du café). Il y a tout son travail, mille documents. Sur son lit, des notes sur Manganelli :

« Manganelli ne dit jamais directement que son marécage est une métaphore élaborée pour la littérature ou la création artistique, pourtant cela saute aux yeux à chaque page. Après tout, "Le marécage est sacré parce qu'il ne peut être autre chose, le marécage serait la didascalie, l'explication du possible qui a cessé d'être seulement tel." »

Sur la table de chevet, *Athalie*, de Racine, emprunté à la bibliothèque. Mystère résolu. Sur son bureau, le début de son mémoire imprimé et raturé, repris, griffonné. Par terre, un autre début, complètement différent, visiblement rejeté. Le premier porte fièrement ces quelques mots « REPRENDRE ET ENVOYER A DUMONIER », le deuxième a été marqué au fer rouge « INUTILE, HORS SUJET ». Comment a-t-elle eu le

---

[27] « Bois du thé, lis des livres, sois heureux.se » (traduction libre)

temps d'écrire deux introductions différentes quand je n'arrive pas à en finir une seule ? Je n'ai que les premières pages et le reste… Le reste est collé au fond de mon cerveau comme un vieux chewing-gum, impossible à dissocier de ma boîte crânienne, impossible à amener jusqu'à mon clavier.

Sur le bureau, à côté de son intro, une lettre, manuscrite, plusieurs pages. Une écriture précise, dactylographique. Mon écriture. Ma lettre.

« Chère Sarah, tu es la première fille que j'ai embrassée. Je suis née le jour où je t'ai rencontrée. Je t'écris cette lettre pour te parler de tes lèvres, de notre baiser, de toi, de nous et surtout pour te dire que les mots ne servent à rien pour parler d'amour. Mais ça ne m'empêchera pas d'essayer. »

Je ne sais pas depuis combien de temps je suis là quand elle finit par arriver dans sa chambre.

journaldememoire.doc

Difficile de le dire, la majuscule, au singulier, évoque évidemment Dieu, bien que le bibliothécaire évoque des dieux plus tôt, plus polythéistes. « En un être, en un instant », « Adonai elohenou, adonai echad », traduit par « l'Eternel est notre Dieu, l'Eternel est un », c'est la même recherche d'unité, la même affirmation, une affirmation qui prouve l'existence du ciel, et la possibilité pour l'homme d'y accéder. L'honneur, la sagesse et la joie ? C'est un fruit interdit inversé. Au lieu de bannir l'homme d'Eden, il lui permet d'y retourner, de quitter cet enfer qu'est la Bibliothèque. Nous sommes des livres dans la Bibliothèque de Dieu.

sarah.doc

Elle ne semble pas surprise. Elle s'assoit sur le lit à côté de moi et pose sa tête sur mon épaule. C'est naturel. Du moins, ça l'était il y a six mois. Je ne dis rien.

Elle a son téléphone dans sa main et à distance, elle contrôle la musique. C'est « L'Aigle noir » qui résonne jusqu'à nous, étouffé par la porte que Sarah a fermée derrière elle. Les invités râlent, on l'appelle, on lui demande de remettre « Les Démons de minuit ». Elle monte le son et elle me fait signe d'écouter.

journaldememoire.doc

C'est la fin de l'Histoire, la fin de la Bible, la fin de la littérature.

sarah.doc

Elle avait raison.

Au matin, il ne me restait rien
L'oiseau m'avait laissée
Seule avec mon chagrin

Elle répond à ma question avant même que je ne la pose. Sa voix est lasse :

« Il y a deux versions de "L'Aigle noir". L'une où Barbara répète en boucle le premier couplet et l'autre, celle qu'on vient d'écouter, où elle finit par... »

Au matin, il ne me restait rien. L'oiseau m'avait laissée seule avec mon chagrin.

« La première version est la plus connue et celle que Barbara a toujours chantée sur scène. La deuxième... C'est celle que ma mère me faisait écouter quand j'étais petite. »

Elle rit, comme un sanglot :

« Dire que tu voulais faire un mémoire sur Barbara sans savoir ça... »

Au matin, il ne me restait rien. L'oiseau. Seule. Chagrin.

« C'est ma chanson préférée de Barbara. »

Rien.

Et sans prévenir, elle demande :

« Tu as déjà pensé que ça pourrait être un homme ? Debreuil ? Tu t'es déjà dit "Et si c'était un homme ?" »

Je ne réponds rien. Étudions-nous les mêmes textes ? Combien de fois avons-nous été en désaccord en ayant toutes les deux raisons et toutes les deux torts ?

A-t-elle lu la lettre d'amour que je lui ai écrite, a-t-elle lu les mêmes mots que ceux que j'ai tracés ? J'aurais aimé lui donner mes yeux pour qu'elle comprenne chaque adjectif que je lui ai dédié. Après cette lettre, elle m'a demandé mille fois de lui en écrire d'autres et je n'ai jamais réussi. Je doutais de chacune de mes phrases alors que j'avais écrit cette lettre sur un coup de tête. J'ai des centaines de brouillons raturés, où je barre des compliments trop naïfs, des expressions trop clichées. Je n'ai jamais relu ma lettre depuis le jour où je lui ai donnée mais je m'en souviens comme d'un texte profondément niais, rempli de descriptions de ses cheveux « ébènes » et « sombres comme la nuit », mais en vérité, je ne me souviens d'aucun mot que j'ai écrit.

Sarah a toujours dit qu'elle l'adorait.

Étudions-nous la même autrice ? Ma Debreuil n'a pas de corps. Je la vois toujours comme une paire de mains autonomes, au mieux, des mots s'écrivant d'eux-mêmes sur le papier.

Sarah rajoute, en reniflant :

« Daniel me l'a demandé hier. Il m'a demandé si Debreuil était un homme, comme ça, alors qu'il s'en fout de la littérature et qu'il n'a jamais lu un livre d'elle.

- Et qu'est-ce que tu as dit ? »

Ce sont, je crois, les premiers mots que je prononce depuis que je suis arrivée.

« J'ai dit… J'ai dit qu'on s'en foutait. »

Et d'un geste colérique, elle se relève, toute à son emportement :

« La réponse est moins importante que la question. Pourquoi il m'a demandé ? Parce que je parlais de féminisme et de l'importance d'étudier des autrices. Et il me demande si Debreuil ne serait pas un homme, avec son sourire d'avocat du diable. Ce n'est pas une vraie question, pas quand on débat de féminisme. C'est une vraie question rhétorique, c'est une vraie question qui n'attend pas de réponse, c'est juste pour gagner un argument.

- Je pense... »

Ma parole se perd dans l'obscurité de sa chambre. Je pense à sa relation avec Daniel, s'ils sont ensemble depuis longtemps, s'ils ont rompu à l'instant, si elle l'aime, s'ils ont déjà couché ensemble, si elle lui a parlé de moi. Je pense à ma lettre sur son bureau. Je ne pense pas à Barbara, surtout pas.

Je ne pense pas à Jeanne Debreuil mais je réponds quand même :

« Jeanne Debreuil a choisi ce pseudonyme, ce n'est pas pour rien. Que derrière ce nom se cache une femme, un homme, une personne non-binaire, qu'importe. C'est son nom d'autrice ; cela vaut bien pour quelque chose, non ? C'est de cette façon qu'elle apparaît au monde, c'est ce nom sur ses livres : c'est tout ce qui compte. »

Sarah ne dit pas « Je suis d'accord » ou « J'ai des réserves sur cette approche » ou « Comme Barthes disait… ». Elle ne dit rien de tout ça. Elle répond à mes pensées plutôt qu'à mes paroles et elle essaie de m'embrasser.

Je pose mes mains sur ses joues avant que ses lèvres ne m'atteignent. Je veux tellement l'embrasser et je m'éloigne, je sors de la chambre sans regarder derrière moi.

Je suis habillée comme si je venais d'entrer : toujours mon sac sur moi, toujours ma veste sur mes épaules. Pas besoin de passer par le vestiaire.

journaldememoire.doc

Comme l'écrit Novarina, « La fin de l'Histoire est sans parole[28]. »

memoire.doc

(brouillon, fin de la deuxième partie)

Peut-on faire confiance au narrateur debreuillien ?

---

[28] Dalila, « L'extinction du chercheur », in *L'Errance*, 1995, n°27.

La réponse est non, bien évidemment. On ne peut faire confiance à aucun narrateur, Debreuil ou pas. Le narrateur nous ment sans le vouloir. Si on distingue les narrateurs non fiables, on pourrait considérer que toute narration à la première personne, au mieux, trahit une vision subjective du monde qui entoure le narrateur. ~~Nous mentons tous.~~

Prenons l'exemple de « L'Aigle noir », une chanson célèbre de Barbara. Que nous dit la cantrice ? Le début de la chanson a tout du conte de fées. Un aigle noir, couronné, aux yeux couleurs rubis : les épithètes nous peignent un oiseau merveilleux, un phénix sombre.

Il existe deux versions de cette chanson : l'une d'entre elles rajoute une nuit à cette histoire. En effet, Barbara chante :

Au matin, il ne me restait rien
L'oiseau m'avait laissée
Seule avec mon chagrin

Et la mention de ce matin, inexistante dans la première version, indique le passage du temps, le passage d'une nuit entière, d'autant plus mystérieuse

194

qu'elle n'est pas racontée. La nuit devient réelle en évoquant un matin malheureux et le départ de l'oiseau. ~~Elle raconte~~

Debreuil fait usage du même artifice dans *La Petite fugue*. ~~La narratrice ment car. On peut penser que la narratrice ment parce que. Tout ce que dit la narratrice n'est pas exact.~~

(Pourquoi je suis persuadée que la narratrice ment dans *La Petite fugue* ? D'où ça sort ? Qu'est-ce que j'écris, qu'est-ce que je fais ?)

journaldememoire.doc

J'ai envoyé une introduction et un début de partie à Dumonier, sans le passage sur la narration. J'ai failli envoyer un message à Sarah, pour la remercier de m'avoir parlé de ces deux versions de « L'Aigle noir ». Mais ça m'a semblé inutile.

Je voulais écrire une partie sur la narration chez Debreuil et Barbara mais je bloque sur *La Petite fugue* et je ne sais pas pourquoi. Je n'ai jamais réussi à lire ce livre, je n'ai jamais réussi à le trouver en entier mais je suis persuadée d'avoir lu quelque part peut-être quelque chose sur la narratrice… ?

Je ne sais pas quoi écrire de plus sur *Au cœur de la nuit*. Tout a été dit le soir de l'anniversaire de Sarah. Seules me restent en tête mes questions sur Debreuil, sur Jeanne, chère Jeanne.

« L'Aigle noir » de Barbara cache l'inceste, logé au creux de cette nuit disparue. Elle a écrit dans sa biographie que c'était une métaphore pour son père, pour le traumatisme qu'elle a subi.

Que cachent les métaphores de Debreuil ? Qui est-elle ? Quels sont ses brouillons, ses premiers écrits ? Sans que je me rende compte, il est devenu important pour moi de la comprendre et de la connaître.

Si j'en parlais à Dumonier, elle me citerait Barthes, comme si Barthes avait déjà eu à étudier une autrice si inexorablement absente. Barthes connaissait la date de naissance de Racine au jour près, je ne sais même pas si Jeanne Debreuil est encore vivante.

C'est l'heure de chasser les fantômes.

L'absence[29]

Le troisième rabbin secoue la tête ; il ne s'en souvient pas :
« Le premier rabbin qui ait raconté cette histoire n'est plus là pour
nous le dire. »

Jeanne Debreuil, *Elle*.

journaldememoire.doc

Plan V3 :

I)   Jeanne Debreuil, une langue entre ombre et clarté

II) Le mystère comme outil littéraire / égnimicité
debreuillienne ?

III) ????? Une place à part dans la littérature / un
départ qui

IV) ??? Fusionner avec la partie III ?

Il s'avère que mon grand-père avait un chandelier de
Hanoucca, bien caché dans un carton dans le grenier, un
chandelier que ma mère n'avait pas réussi à recouvrir de
son silence. Le problème, c'est que mes bougies ne
rentrent pas dans la hanoukia : j'ai soit des petites
bougies de cuisine, soit des énormes bougies colorées,

---

[29] La forêt

achetées par ma mère quand elle passe à Maisons du monde. Ni les bougies de cuisine, ni les ridicules bougies multicolores ne brûlent jamais ; ça n'empêche pas ma mère d'en racheter.

Il y en avait une nouvelle le soir où je suis arrivée. En forme de cactus, les épines subtilement reconstituées, un vert tropical, j'aurais presque pu le prendre pour un vrai. C'est peut-être pour ça que ma mère n'approche jamais une allumette de ces monstruosités en cire : elle oublie que ce sont des bougies.

J'ai posé la hanoukia sur mon bureau et elle reste là, éteinte, comme la bougie cactus, la bougie coquillage, la bougie nuage, la bougie en forme de bougie. Les familles juives, les « vraies » familles juives mettent le chandelier à la fenêtre et sa lumière est visible depuis la rue. La mienne n'est même pas visible du fond de ma chambre.

Elle serait peut-être plus lumineuse si j'y mettais du mien. Ce n'est pas que je n'y crois pas, ce n'est pas que j'y crois non plus. Cela me semble impossible de ne pas l'allumer mais avant, je ne sais pas quoi faire. J'ai des bénédictions en hébreu, je les ai trouvées sur internet mais j'ai l'impression de tousser en les disant à voix haute, de les cracher sans les comprendre et c'est vrai, je ne les comprends pas. Qu'est-ce qui va se passer si je l'allume sans dire une prière ? C'est bon, je vais croire en Dieu ? C'est bon, je vais réussir à finir mon mémoire ? Et s'il ne se passe rien, si rien n'est résolu, si ça ne change rien, si c'est juste une bougie allumée, si ma vie reste exactement la même ?

J'ai trop peur pour croire, trop peur d'espérer pour rien. Alors, j'essaie de travailler sur mon mémoire et je n'y arrive pas, je regarde la bougie, et je n'arrive pas à l'allumer, et j'essaie de travailler sur mon mémoire, et c'est déjà l'heure du dîner. Ma mère m'appelle et j'attends de voir si quelqu'un d'autre va répondre, tant le silence alourdit chaque pièce.

Cette maison a de plus en plus de fantômes : c'est à peine si je peux respirer et je me sens serrée jusque dans mon lit. Sans doute sont-ils attirés par les bougies. À moins que ce ne soit parce que ma mère ne fait plus le ménage dans certaines pièces et qu'elle mange dans la cuisine en mon absence. Elle a abandonné la chambre conjugale après mon départ, rompant définitivement l'illusion que mon père reviendrait mettre les pieds ici. Elle dort dans la chambre d'amis, plus petite.

Elle garde la maison pour me faire plaisir et je fuis la maison depuis le jour de ma naissance. Chaque année, la même discussion :

« Maman, tu ne veux pas emménager dans un appartement, quelque chose de plus petit, de moins... »

« Encombré » ai-je envie de dire mais je m'arrête à temps et toujours la même réponse :

« Mais où irais-tu, toi ? »

Comme si son départ de la maison coïnciderait avec ma disparition. Peut-être qu'elle a raison ; peut-être que je ne suis qu'un fantôme parmi les autres.

Ma mère m'a offert la Pléiade de Rimbaud pour Noël.

« Tu es tombée sur "Le Dormeur du val" à l'oral du bac. Tu avais eu...

- Dix-huit. »

Elle a hoché la tête, fièrement. Elle me l'avait fait réviser, elle m'avait fait réviser tous les textes pour l'oral, en pointant chaque micro-erreur, chaque faute de langage, pas de « euh », pas de « ouais », pas de « voilà » pour conclure l'analyse. « La première strophe… » « N'oublie pas de dire que c'est un quatrain.» Ma lecture était suivie, crayon à la main, il ne fallait pas oublier les liaisons, les e muet, les diérèses, les synérèses, bien faire une pause au point, respirer à chaque virgule, ni trop vite, ni trop lent.

J'aimais Rimbaud parce qu'il aimait les hommes, parce qu'il avait mon âge et qu'il était révolté contre le monde entier ; j'ai vingt-trois ans désormais et je trouve aujourd'hui que c'est trop facile d'arrêter la littérature à vingt-et-un ans pour aller vendre des armes en Afrique. Ce dix-huit justifie mes études, c'est ce qu'elle se dit en me donnant cette Pléiade. « J'ai fait du bon travail» pense-t-elle « J'ai une fille littéraire. Voilà mon héritage. Elle a eu dix-huit à l'oral de français, elle est donc faite pour la littérature.» Rimbaud avait seize ans quand il a écrit « Le Dormeur du Val». Il a arrêté la littérature avant les études supérieures.

Cette année, j'ai demandé à ma mère si elle croyait en Dieu. Elle est baptisée, après tout, mais elle n'est jamais allée à la messe. Nous «fêtons» Noël, dans la mesure où nous nous offrons des cadeaux et qu'elle accroche quelques guirlandes et des décorations de Noël en pâte à sel que j'ai faites en maternelle.

Ma mère m'a regardée et pendant une seconde, j'ai vu une émotion dans ses yeux, une douleur aiguë, s'échappant de cette anesthésie dans laquelle elle est plongée depuis plus de vingt ans. Mais la douleur est partie aussi vite qu'elle est venue et elle a répondu :

« Je crois. »

J'ai offert à ma mère un kit pour faire ses propres bougies. J'aurais dû lui offrir un briquet.

« Petite fugue / Petite mort », Dalila, *L'Errance*.

Le titre *La Petite fugue* évoque bien évidemment la chanson de Maxime le Forestier : certains disent même que la tante, jamais nommée dans le livre, se nommerait Eléonore. En effet, on peut considérer qu'elle a « quitté la maison », comme dans la chanson.

Au-delà de la référence musicale, prouvant encore par ailleurs l'attachement de Debreuil à la chanson française, *La Petite fugue* évoque une petite mort : orgasme certes, malgré l'absence de sexualité dans le livre, mais aussi la mort bien réelle d'un des personnages, la tante. Ce titre à double sens rappelle la structure érotique d'un roman policier : indice par indice, le coupable se dévoile jusqu'à une révélation finale.

En guise de préliminaires, Debreuil nous présente les protagonistes : une tante sympathique, qui cuisine de délicieuses tartes, Amélie, notre pessimiste narratrice à la troisième personne, pressentant dès le début qu'un malheur va se produire, Marie, sa timide sœur, trop parfaite, trop « Marie » pour être réelle, et Lola, la cousine d'Amélie et de Marie, jeune fille en fauteuil roulant, plongée dans ses souvenirs et dans ses livres. Toutes sont dans cette maison, apparemment en vacances, cette maison associée à des souvenirs d'enfance, que la tante aime rappeler : « te souviens-tu », « te souviens-tu » … Cette tante sans nom (sans doute de la même famille que la mère dans *Juste la fin du monde* de Jean-Luc Lagarce, ces rôles maternels sans identité propre, véritables usines à souvenirs), si avenante, si souriante, perd son sourire seulement quand Amélie mentionne une « fugue », que les trois filles auraient faite ensemble, enfants :

« Te souviens-tu…

- De cette nuit où nous sommes sorties de la maison, en ne voulant jamais revenir ? »

Cela aurait été plus facile si sa tante avait crié mais elle s'éteignit. Ses yeux perdirent toute couleur et sa main retomba sur sa cuisse. Elle baissa légèrement la tête. Elle n'était plus.

Les beaux yeux bleus de Marie s'embuèrent et elle se cacha dans son champ de blé qu'elle avait comme cheveux. Lola secoua légèrement la tête et elle fut la seule à parler :

« Tout le monde s'en souvient. Mais nous sommes là, non ? »

C'était vrai, pensait Amélie, c'était peut-être la seule chose vraie dans cette pièce[30].

Cette fugue fut un échec, à en croire Lola, mais les personnages ne nous expliquent pas pourquoi. Ont-elles renoncé, ont-elles été retrouvées ? Et par qui ? Et pourquoi partir ? Ce n'est pas la maison où elles vivent, bien qu'Amélie dise qu'elle avait l'impression d'être ici depuis « quelques siècles ou quelques secondes ». Pourquoi fuir une maison si chaleureuse, avec une tante

---

[30] Jeanne Debreuil, *La Petite fugue*, La Bibliothèque, 1994.

toujours dépeinte souriante, bonne cuisinière, pourquoi fuir une maison de vacances ?

C'est pourtant cette fugue qui tue la tante, dont le corps est retrouvé en dehors de la maison. La police passe, ramène le corps, pose des questions : aucun policier n'est nommé, aucun n'a de caractéristiques physiques. Aucun testament n'est évoqué, la maison doit bien revenir à quelqu'un et pourtant, les trois filles restent là. La tante est enterrée dans le jardin.

C'est la fin des préliminaires et la tension monte. Lola tente à plusieurs reprises de parler à Amélie, « Je crois que... », « Il me semble... », « J'ai vu... » mais ses confessions sont toujours interrompues par Marie, qui adopte un comportement de plus en plus erratique. Elle s'enferme des jours entiers dans sa chambre ou au contraire ordonne de tout ouvrir, fenêtres, portes. Amélie la surprend à courir dans le jardin et à s'arrêter à quelques mètres du portail, incapable d'aller plus loin. Un pistolet est décrit comme posé sur une table dans un chapitre et disparaît le chapitre suivant.

Amélie reste imperturbable : « Pourquoi lutter quand la fin est déjà écrite ? » et en effet, malgré toutes ses tentatives, Marie ne parvient pas à empêcher Lola de révéler à Amélie qu'elle est presque certaine d'avoir vu Marie étrangler leur tante. La petite fugue, la petite mort, le soulagement : Marie est arrêtée par des policiers sans visages et tout est bien qui finit bien... Sans la dernière phrase du livre. Car Debreuil refuse l'orgasme, refuse que ses personnages comme ses lecteurs puissent simplement s'enfuir après la dernière page, satisfaits et bienheureux. *La Petite fugue* est un titre provoquant, ironique : il n'y a pas d'échappatoire[31].

8 janvier - Mail de Nicole Dumonier

Chère Nathalie,

Bonne année ! J'espère que vous avez su profiter de ces vacances pour vous reposer.

Merci pour cette introduction. Elle est différente des premières pages que vous m'aviez montrées en septembre : pourquoi avoir choisi de changer ? Les deux sont intéressantes cependant : il faudrait retravailler quelques passages mais elle peut tout à fait convenir. À

---

[31] Dalila, « Petite fugue/Petite mort », in *L'Errance*, 1996, n°31.

ce titre, je vous encourage encore à travailler avec Mme Azuelos qui m'a envoyé une introduction toute aussi pertinente. Comparer les deux pourrait sans doute vous aider mutuellement. Je vous ai mis en pièce jointe ce qu'elle m'a envoyé : vous verrez que si son approche diffère, on retrouve quelques similarités dans la présentation du problème et des axes du travail de Jeanne Debreuil. Un détail : vous faites les mêmes fautes d'orthographe ! Je vous invite à vous corriger l'une et l'autre...

Également, je vous envoie, pour faire suite à votre question sur Dalila, une intervention que j'ai faite il y a un an à l'université sur Jeanne Debreuil et deux articles de *L'Errance* que j'ai retrouvés dans mon ordinateur. Je regrette de ne pas vous les avoir envoyés plus tôt mais j'avoue ne pas être toujours assez organisée... L'un d'entre eux, « L'imposture du nom » avait fait beaucoup parler de lui : c'est pour cela que je l'avais gardé. Il revendique l'usage du pseudonyme aussi bien en littérature qu'en critique littéraire : le lien avec Debreuil me semble évident. Je ne l'ai pas écrit ; bien qu'il ne soit pas signé, je crois me souvenir que c'était Dalila qui l'avait rédigé.

Bon courage pour la suite de votre travail !

Bien à vous,

Nicole Dumonier

Pièce jointe : article errance imposture du nom.doc

L'IMPOSTURE DU NOM

L'Errance est un projet nouveau : cette revue est fondée sur un principe simple. Pour y contribuer, il faut user d'un pseudonyme.

Si on admet qu'un critique gastronomique ne montre pas son vrai visage pour rester incognito dans les restaurants qu'il teste, pourquoi ne devrait-il pas en être de même pour la littérature ? Nous défendons le droit et même le devoir à une lecture anonyme, où l'auteur comme le lecteur ne peuvent se connaître. L'identité par un patronyme écrase le texte et finalement le fait disparaître : nous croyons en la supériorité du texte et rien d'autre. La fiction ou le mensonge fondent notre travail : il n'y a pas de vérité en littérature.

Derrière chacun de nos pseudos peut se cacher une femme, un homme, une personne ou plusieurs êtres, de grandes universitaires à des hommes de ménage : nous nous connaissons entre nous et cela suffit[32].

(L'article n'est pas signé)

journaldememoire.doc

Elle s'appelle Jeanne Debreuil.

Pourquoi ?

Ce n'est pas une question anodine.

La première fois que j'entendis son nom, je l'oubliai immédiatement. Pour ma défense, c'était à un colloque de littérature, c'était la dernière intervention, en retard de deux heures sur l'horaire prévu. Il était 19 h 30, et je regardais mon portable toutes les cinq minutes, vérifiant encore et encore mon itinéraire, et si je pars à 19 h 35, est-ce que j'aurais mon bus, et si je partais à 19 h 37, est-ce que j'aurais mon RER, et si je partais à 19 h 39...

À 19 h 36, je décidai de partir. À 19 h 36, et 25 secondes, j'étais debout. Il n'y avait plus grand monde

---

[32] Anonyme, « L'imposture du nom », in *L'Errance*, 1993, n°1.

dans la salle ; je me déplaçai sans difficultés jusqu'à la porte.

À 19 h 36 et 45 secondes, j'étais à la porte. Je me retournai vers Sarah, qui avait décidé de rester, mais elle regardait l'intervenante. Je me tournai alors vers elle – un fond de culpabilité, de partir pendant son discours, peut-être ? Je ne savais même pas de quoi elle parlait : obsédée par mes itinéraires, je ne l'avais pas écoutée.

À 19 h 36 et 50 secondes, elle disait :

« C'est là tout l'intérêt de l'œuvre de Jeanne Debreuil. »

Le nom ne me disait rien : je partis sans remords et je l'oubliai presque aussitôt.

Et c'est parce que je l'oubliai qu'il me revint en mémoire trois mois plus tard, quand je vis ce nom dans une bibliographie donnée par mon professeur de littérature contemporaine.

Cela m'agaça, parce que je le reconnaissais sans me souvenir quand je l'avais entendu. À défaut de retrouver l'origine de ce nom dans ma mémoire, j'essayai d'imaginer quels livres avais-je pu lire de cette autrice.

Un nom comme Jeanne Debreuil… Je la voyais, dans une maison à la campagne, avec cinq chats et un ordinateur qui s'allumait avec difficulté et auquel elle avait donné un nom affectueux, « mon gros Bébert ». Elle écrivait tous les matins, avec une tasse de tisane de camomille à la main. Elle avait été mariée, l'était peut-être encore à un homme sympathique mais pas très intéressé par la littérature, qui savait ne pas la déranger quand elle écrivait dans son « sanctuaire ». Le succès tranquille, la banalité de la vie qu'elle mettait en forme dans ses livres, voilà la vision que j'avais de Jeanne Debreuil.

Je n'achetai pas le livre présent dans la bibliographie.

Le nom revint lors d'un autre cours, un professeur qui disait en riant que Debreuil, ce n'était « pas pour tout le monde ». Quelqu'un demanda si on l'avait déjà vue. Quelqu'un d'autre demanda si on savait même si Jeanne Debreuil était son vrai nom.

Mon professeur haussa les épaules, cela m'intrigua – dois-je l'avouer ? J'aime quand mes professeurs ne savent pas répondre.

J'ai lu Jeanne Debreuil. Elle ne parlait pas de la banalité de la vie, et de son mari sympathique qui réparait sa vieille maison de campagne et de ses six chats, et de sa tasse de tisane à la verveine.

Elle parlait d'un crime où on ne connaissait ni la victime, ni la coupable, qui commençait in medias res, et qui finissait sans réponse.

Elle parlait d'une chanteuse qui perdait sa voix du jour au lendemain, sans qu'on sache pourquoi.

Elle parlait d'une descente en Enfer, marche après marche, inexorable et lentement violente.

Ses livres me laissaient un sentiment de malaise : il manquait toujours une explication, toujours une raison. Non, Jeanne Debreuil ne prenait pas ses lecteurs par la main.

Pourquoi Jeanne Debreuil ? Parce que c'était tellement banal comme nom. Était-elle née, nommée ainsi, et déterminée à démentir tous les préjugés qui auraient pu accompagner un patronyme si ennuyeux ? Était-ce un pseudonyme, pour mieux appâter le lecteur, tel un prédateur se parant de ses plus beaux atours pour attirer sa proie ? Viens me lire, tu verras, tu ne seras pas dérangé, tu resteras dans ta zone de confort, je suis une autrice qui n'embête pas son monde, je suis facile à déchiffrer, facile à lire, facile à goncouriser. Je ne suis qu'une Jeanne Debreuil. Viens, viens, mais quand tu commences à lire, c'est trop tard. Le livre est acheté, commencé, dévoré, mais à la fin, tu n'en sais pas plus. Et c'est comme si elle me narguait : « Tu croyais me connaître ? Tu croyais me comprendre ? Bien fait pour toi, tu m'as jugée trop vite. »

Quand je commençai à écrire mon mémoire sur Debreuil, je cherchai des colloques la concernant. Je finis par tomber sur un colloque ayant eu lieu dans mon université un an plus tôt. Il ne me fallut pas beaucoup de temps pour faire le lien, me souvenir de cette intervenante, de cette phrase.

L'intervention, signée Nicole Dumonier, s'intitulait : « Jeanne Debreuil : une poétique du nom. »

memoire.doc

(Extrait de la quatrième partie – refaire plan)

Ce mémoire n'a pas pour but de chercher à percer l'identité de Debreuil. Cependant, il nous a semblé qu'il serait intéressant de se pencher sur certaines théories, notamment parce qu'elles alimentent la mythologie autour de Debreuil elle-même.

L'une des plus courantes est celle qui voit l'éditeur de Debreuil, derrière ses livres : il aurait préféré, pour diverses raisons, sans doute commerciales, se cacher derrière le nom de Jeanne Debreuil. D'autres pensent également qu'il aurait dissimulé un auteur banal bien que talentueux derrière le nom de Debreuil pour lui donner plus de mystère et le rendre plus attractif. Ce n'est pas une théorie inintéressante, car elle est assez réaliste et si quelqu'un peut cacher un auteur de ses lecteurs, c'est bien l'éditeur. L'éditeur de Debreuil, Joseph Levy, nie l'avoir jamais rencontrée mais nous n'avons que sa parole. Sa maison d'édition, qu'il a lui-même fondée, n'existe presque que pour Jeanne Debreuil : les autres ouvrages publiés sont des courts essais théologiques, des recueils de poésie tirés à quelques centaines d'exemplaires et de rares comptes rendus de petits colloques. *La Bibliothèque*, nom presque trop évident pour être sincère, n'est pas une maison d'édition à succès : Jeanne Debreuil est l'autrice qui leur rapporte le plus mais selon Joseph Levy, ce n'est pas l'aspect financier qui a joué un rôle dans leur collaboration. Il a déclaré, il y a déjà dix ans :

> Mon métier n'est pas de faire de l'argent. Mon métier est de mettre en lumière. Ma lampe torche a croisé le chemin de Jeanne Debreuil ; il n'y a pas grand-chose à dire de plus[33].

Joseph Levy, à l'instar de son autrice phare, fuit les entretiens et commente rarement son travail. *La Bibliothèque* ne brille pas par sa communication sur les ouvrages qu'elle publie, ce qui questionne sur le choix de Debreuil : des enquêtes menées par des journalistes curieux ont prouvé qu'elle n'avait envoyé son premier manuscrit qu'à *La Bibliothèque*. Pourquoi ce choix ? Serait-elle Joseph Levy ou l'un des cinq employés qui y travaillent encore aujourd'hui ?

Ce serait donc imaginer que « Jeanne Debreuil » n'aurait jamais existé que comme un pseudonyme – le problème devient philosophique. Une œuvre écrite

---

[33] Cité dans « Jeanne Debreuil : une poétique du nom » (Dumonier ne précise pas sa source dans son article, est-ce qu'elle l'a interrogé elle-même ? Mais pourquoi ne pas le dire dans ce cas ? A moins qu'elle n'ait oublié de mettre la référence. Les deux sont possibles, la connaissant.)

même sous un pseudonyme reste une œuvre, même si le nom de l'auteur n'est pas le même. Le patronyme change, mais pas le livre. Dire que Jeanne Debreuil n'existerait pas reviendrait à restreindre son existence à la légalité de sa carte d'identité. L'auteur existe, c'est certain, mais sous quel nom ?

Mais est-ce que le pseudonyme va forcément de pair avec une nouvelle identité ? Il agit parfois comme un leurre que l'auteur agite pour détourner les lecteurs de sa vie privée, de lui-même. C'est son alibi, une couverture. Des artistes musicaux, mondialement connus, y ont recours, pour éloigner des fans trop insistants et éviter qu'ils trouvent leurs adresses. Le pseudonyme ici est pratique. Mais nous sommes plus intéressés ici par sa dimension fictionnelle, quand le créateur devient lui-même un personnage, se baladant entre la réalité et son livre.

Slogans d'Antoine Volodine a été publié sous le nom de Maria Soudaïeva. Volodine a prétendu l'avoir traduit du russe : malheureusement, l'écrivaine se serait donné la mort en 2003. Le seul intermédiaire entre les lecteurs et Soudaïeva, c'est Volodine, et c'est lui qui écrit sa biographie, agissant effectivement comme un traducteur, mais de son imagination : beaucoup se sont fait avoir, ou ont prétendu y croire – la nuance est subtile. On pourrait penser que le nom ne change pas le livre, mais il devient clair en voyant à la fois les réactions des médias et le type de livre que Volodine a proposé que l'auteur soit vital à la perception de l'ouvrage. *Slogans* décrit un univers en guerre, une violence infinie : la biographie de Soudaïeva complète le texte. Sa vie n'aurait été que violence, haine contre la Russie, contre le capitalisme, contre le totalitarisme. Avec une telle biographie, *Slogans* n'est pas une fiction, mais un cri du cœur ; mais ce serait différent si la pièce avait été signée sous le nom d'Antoine Volodine, auteur français encore bien vivant.

Si nous revenons à Jeanne Debreuil, nous remarquons immédiatement à quel point son nom semble approprié pour un auteur français. Une certaine simplicité, une brièveté, accompagnée d'un suffixe un peu plus poétique (-euil), déjà littéraire par l'accointance proustienne avec « Vinteuil », c'est un nom évocateur, celle d'une écrivaine entre cinquante et soixante ans, vivant certainement à la campagne, et publiant régulièrement des ouvrages applaudis par la critique, une sorte d'Annie Ernaux en somme. Le problème, dans le cas de Debreuil, c'est que le masque ne correspond pas aux livres : un tel nom invite à la transparence, à la simplicité, et non pas à l'hermétisme de ses ouvrages, au sentiment de malaise qui s'en dégage. Le signe trompe, il ne fait pas sens, il déroute. C'est un nom qui ne correspond pas à ce qu'on attend, un nom sans visage, qui dérange.

Le pseudonyme chez Volodine est une arme : placer *Le post-exotisme en dix leçons, leçon onze* dans une sorte d'univers totalitaire, où des écrivains seraient enfermés, change évidemment le rapport que ces auteurs entretiennent avec la littérature. On parle souvent de combats littéraires, mais Volodine va pousser cette expression jusqu'à son paroxysme. La littérature devient une question de vie ou de mort. Cela se comprend par les noms des personnages : on se croirait en Europe de l'Est, on imagine aisément une censure artistique par l'Etat. Mais ce n'est finalement pas une critique du régime que livre Volodine, sinon une critique de l'académisme, une critique qui pourrait tout autant s'appliquer à l'URSS qu'à la France.

Ce livre est signé de son nom, un nom qui apparaît aux côtés d'autres pseudonymes-personnages. Sur la couverture, on ne voit que le sien, mais rapidement, on comprend que ce n'est pas que ce nom-là qui est derrière cet ouvrage. C'est un colloque qu'il nous propose, sous la forme d'entretiens au parloir, un colloque où le faux côtoie le faux, le vrai côtoie le vrai : le post-exotisme est une littérature mensongère, pour mieux se protéger des ennemis, car « l'ennemi est toujours quelque part rôdeur, déguisé en lecteur et vigilant parmi les lecteurs[34]. » Ce lecteur-ennemi, ce lecteur dont il faut se méfier, pourrait être une interprétation intéressante de la littérature de Debreuil, notamment en ce qui concerne *Elle* : qui sait si le lecteur n'est pas l'assassin ? Il faudrait alors le troubler autant que possible, pour qu'il ne puisse pas suivre l'enquête menée par la narratrice. L'hermétisme agit comme une barrière séparant les amis et les ennemis : *the happy few* de Stendhal.

Le post-exotisme en dix leçons, leçon onze ne se termine pas ; le livre finit sur une phrase interrompue, sur « C'est donc moi qui », une transmission de la parole

---

[34] Antoine Volodine, *Le post-exotisme en dix leçons, leçon onze*, Gallimard, 1998.

qui est soit un succès, soit un échec. Plus troublant encore est la page qui suit, avec l'habituel : « Du même auteur, dans la même collection », et où on trouve une longue liste d'ouvrages, presque tous signés d'auteurs différents, aucun d'Antoine Volodine. Vers la fin de cette liste, il y en a de plus en plus d'anonymes – en contradiction avec le « du même auteur », et de plus en plus de livres de Lutz Bassmann, ainsi qu'il est écrit dans le roman : Lutz Bassmann se retrouve seul, bien qu'on puisse penser qu'il l'ait toujours été. Cette liste n'explique rien, parce qu'il n'y a rien à expliquer : le post-exotisme, et c'est frappant dans ses leçons, se bat contre les explications, se nourrit dans la confusion, toujours pour mieux dérouter ses ennemis.

De la même façon, combien de livres a écrits Debreuil ? Cinq sont signés de son « hétéronyme », mais beaucoup d'autres pourraient exister. Il est à considérer qu'elle a pu, il y a vingt ans, « abandonner » le nom de Jeanne Debreuil pour en choisir un autre. Contrairement à Antoine Volodine, le premier nom nous manque : cela la rend d'une certaine manière immortelle. En effet,

« Chaque livre aurait pu être écrit par Jeanne Debreuil – ou aucun[35]. »

journaldememoire.doc

Selon Wikipédia :

- Nathalie est un prénom féminin d'origine latine, *De natalis dies* signifiant « le jour de la naissance », en référence à celle du Christ.

- Athalie (en hébreu עֲתַלְיָה ('Athalyāh), en grec Γοθολία (Gotholia), en latin Athalia) est un personnage du deuxième livre des Rois et deuxième livre des Chroniques, qui font partie de la Bible. Elle est selon les interprétations fille ou petite-fille d'Omri, roi d'Israël. Elle épouse Joram, roi de Juda, puis devient reine de Juda durant six ans, au milieu du IXe siècle av. J.-C. La Bible la présente comme une usurpatrice idolâtre. (...) Dans le domaine religieux, en particulier, son influence et, par elle, celle des omrides, permit la promotion en Juda des cultes païens (à Baal) au détriment du culte yahviste.

---

[35] Nicole Dumonier, « Jeanne Debreuil : une poétique du nom », in *Auteurs modernes et modernité de l'auteur*, sous la direction de Nicole Dumonier, Presses universitaires de Paris-Nanterre, 2015.

Selon ma mère :

« Nathalie était le nom de ma mère. C'était que ce soit à la mode dans les années soixante. Ta grand-mère était née un 25 décembre. *(Un temps)* Elle n'a jamais été très pratiquante. Et comme ton grand-père était juif, ils ne faisaient aucune fête à la maison. Juste Noël. *(Un temps)* Je me demande si ça la dérangeait qu'on reçoive des cadeaux en même temps qu'elle. » (Ma mère est une pièce de Beckett à elle toute seule : l'interprétation de chaque silence et sa durée sont laissées au choix du comédien.)

Selon Sarah, de retour de vacances :

« Nathalie, c'est un nom de mère au foyer de cinquante-deux ans, qui était fan de Bruel et de Goldman... » « Comme ta mère ? » « ... Et qui a appelé sa fille Laura, comme la chanson de Johnny Hallyday. » « Ou Sarah, comme la chanson de... » « Sarah, comme l'épouse d'Abraham. Athalie, c'est... guerrier. » « Rien à voir avec Racine donc. » « "Tremble, m'a-t-elle dit, fille digne de moi / Le cruel Dieu des Juifs l'emporte aussi sur toi." » « Comment je dois le prendre ? C'est le nom d'une païenne idolâtre. » « Toujours mieux qu'une groupie de Bruel. En plus, excuse-moi mais Nathalie Agnese ? Bonne à devenir bonne sœur. »

Dalila et Mayim ont choisi des pseudonymes et Sarah m'en a imposé un. Ce n'est pas comme si j'étais particulièrement attachée à « Nathalie », au nom de cette grand-mère que je n'ai jamais connue mais je ne suis pas certaine de me sentir très « Athalie » non plus. Ces derniers temps, je ne me sens pas beaucoup : à force d'écrire « nous étudierons », « on pourrait penser que », je m'oublie.

Je suis une absence d'étudiante, et j'écris une absence de mémoire sur une absence d'écrivain. Je passe plus de temps à analyser des œuvres d'autres auteurs que celles de Debreuil. J'ai l'impression, peut-être, qu'en les analysant toutes, fatalement, je pourrais réussir à l'encercler, à la cerner, à la forcer à se rendre. Hauts les mains ! J'ai déjà analysé tous tes collègues, il ne reste plus que toi.

Pour arrêter Debreuil, il faudrait que je lui donne un visage. Ou qu'elle me donne le sien. C'est drôle ; je m'étais promis d'éviter les analyses biographiques, de ne garder que le texte, rien que le texte, mais dans cet après-midi ensoleillé, je ne peux pas m'empêcher de me demander à quoi elle ressemble. Et si la clef de ses ouvrages se trouvait chez elle ? Ce serait dramatique. Si je connaissais son métier, les livres qu'elle aime, qu'elle lit, l'éducation qu'elle a eue, est-ce que je comprendrais mieux ses livres ?

Je ne sais pas, parce que je ne peux pas comparer. Je n'ai jamais eu à oublier ce que je savais de Barbara, de tous les auteurs que j'ai analysés auparavant, j'ai appris à les connaître et à les lire ainsi, grâce à des notes en bas de page, des notices biographiques, des informations données par des professeurs. « Il faut savoir que… », « dans le contexte… », « c'est clairement inspiré par… ». Je n'ai jamais connu d'œuvres sans auteurs. Même les œuvres anonymes étaient entourées de spéculations, d'avant-propos, de notes, d'annexes. Ce sont des préliminaires au vrai texte. Même dans les livres les plus dépouillés, la biographie de l'auteur est là pour rassurer. Je ne lis pas le livre de la même manière en sachant en quelle année est née Nathalie Sarraute et sans doute que ma lecture est influencée par ma propre année de naissance, moi, Nathalie Agnese.

Mais chez Debreuil, rien. Ce n'est pas une très belle édition – pourquoi a-t-elle choisi cette maison plutôt qu'une autre ? Toutes les couvertures sont vertes, verdâtres, le titre et le nom de l'auteur sont écrits en noir. On ouvre : le titre à nouveau, l'auteur, quelques mentions légales et le texte, rien d'autre. La qualité du papier fait penser que le livre a été publié il y a au moins une vingtaine d'années, mais sur mes éditions, les dates ont été effacées – Internet m'a aidée à les retrouver.

Mon édition *d'Au cœur de la nuit*, je l'ai achetée dans une librairie parisienne. Il faisait froid. J'étais entrée par hasard, pour me réchauffer. Le libraire, penché sur un livre, et devinant sans doute les raisons peu littéraires de ma venue, n'avait pas daigné relever la tête. Pour donner le change, j'avais pris des livres, j'en avais reposé d'autres, je les avais feuilletés, comme si je voulais les acheter. À force de farfouiller, le regard du vendeur finit par se poser sur moi ; sous le poids de ses yeux inquisiteurs, je cherchai désespérément un ouvrage à acheter pour justifier ma présence. *Au cœur de la nuit*, posé sur une table avec d'autres, me sauva. C'est le premier de Debreuil que j'achetai ; pour soulager ma conscience.

Mon édition de *L'Homme qui dégringole*, je ne l'ai pas vraiment. Elle n'est pas à moi, elle appartient à la bibliothèque universitaire. Régulièrement, je l'emprunte, ou je passe la journée avec elle, à ma table. Sur la fiche de prêt, c'est toujours mon nom qui apparaît. Même Sarah ne le prend pas : elle doit avoir son propre exemplaire. L'édition est quasi neuve. Je devrais l'acheter, mais je n'arrive jamais à m'y résoudre. Pour quoi faire ? Est-ce que je relirai Debreuil quand mon mémoire sera fini ?

Mon édition d'*Elle*, je ne la trouve plus. C'est la troisième fois que je la rachète, mais à chaque fois, elle semble s'échapper de mes mains. Je la laisse dans mon sac, mais le soir elle n'y est plus. Je l'avais posée dans ma bibliothèque, mais j'ai beau la retourner dans tous les sens, impossible de la retrouver. J'imagine que je vais devoir la racheter de nouveau.

Mon édition de *La Petite fugue*, je la cherche encore. J'ai écumé la moitié des librairies de Paris et les trois quarts des bibliothèques mais elle semble avoir disparu de la circulation. Si elle n'était pas tant étudiée, je ne saurais même pas qu'elle existe. À force de lire des articles dessus, de voir des extraits et des citations, j'ai l'impression de la posséder pourtant. Mais je suis toujours déçue de ne pas la trouver sur ma table de chevet. Seule la fin m'est encore inconnue.

Pièce jointe : espaces et contre espaces chez debreuil.doc

Espaces et contre espaces : les dynamiques de Debreuil

La conceptualisation de l'espace chez Debreuil a toujours été symbolique des dynamiques relationnelles entre ses personnages. La maison dans *La Petite fugue*, lieu du crime, lieu des passions, est décrite en détail, ainsi que ses différentes pièces, comme si Debreuil jouait avec nous une partie de Cluedo. Il y a évidemment une volonté de jouer sur les stéréotypes : on retrouve le cadavre de la tante dans la bibliothèque, référence évidente au célèbre livre d'Agatha Christie. Chaque pièce est évocatrice : dans la cabane du jardin, de la mort-aux-rats est rangée, un chandelier orne le salon, il y a de l'arsenic à côté du dentifrice dans la salle de bains, une corde dans le placard etc. La mort est présente partout, ainsi que les possibilités de tuer. L'assassin est libre de choisir, pourtant le cadavre que l'on retrouve est mort étranglé : sans armes, à mains nues. La maison nous amène à l'erreur, dès le début l'auteur nous trompe - ou nous choisissons de nous tromper. L'erreur est à portée de lecture. Debreuil nous dévoile ainsi toute la nudité du crime, qui ne s'embarrasse pas d'intermédiaires. Comme nous l'apprenons à la fin, « le crime ne pouvait être commis autrement car sinon, il aurait eu un sens[36] » Debreuil peint une facette de la folie du coupable qui s'exprime jusqu'au choix de l'arme du crime, ou plutôt le non-choix, un acte manqué révélateur. D'une certaine façon, c'est de l'auteur même dont se moque l'assassin en riant de ces armes du crime beaucoup trop faciles, à portée de mains.

La maison piège également par son architecture : les personnages se sentent souvent enfermés, prisonniers. Pourtant, la porte est ouverte, rien ne les oblige à rester, mais ils ne peuvent quitter les lieux. Un comportement étrange si nous analysons le livre de l'intérieur, si nous

---

[36] Jeanne Debreuil, *La Petite Fugue*, La Bibliothèque, 1995.

faisons une intra-analyse en somme. Mais si nous nous éloignons, et étudions l'ouvrage comme objet, tout devient plus clair. Dans les chapitres courts, les personnages se plaignent de petites pièces où ils sont serrés les uns contre les autres. Dans les chapitres longs, au contraire, ils semblent se noyer et se perdre les uns les autres, s'appelant régulièrement sans raisons particulières. Mais qu'est-ce ce cri, sinon celui d'un personnage inquiet de ne pas en avoir vu un autre depuis plusieurs pages ? Peut-on imaginer pire claustrophobie que celle-là ?

Cette maison à l'architecture meurtrière, pleine de danger, n'est pas sans rappeler le *Navidson Record*. L'analyse effectuée par Zampanò nous semble à cet égard suffisante, cependant nous pouvons nous pencher sur les quelques parallèles qu'offrent ces deux œuvres. Dans *La Petite Fugue* comme dans *le Navidson Record*, l'architecture reflète la psychologie des personnages. Comme Zampanò ne cesse de le répéter, la maison chez Navidson est le symptôme des problèmes familiaux des protagonistes. Une querelle entre les deux frères ? L'un d'eux se fait engloutir dans les tréfonds du foyer. Les animaux, au contraire, semblent indifférents et passent à travers la maison sans souci aucun. La quête de Navidson est bien plus personnelle que surnaturelle, plus symbolique que réelle.

Or, chez Debreuil, c'est bien la maison qui est pointée du doigt, à de nombreuses reprises. L'ouvrage commence par ces mots :

> Elle n'avait jamais aimé aller chez sa tante. Oh, beaucoup lui disaient « tu as de la chance, une belle demeure ancienne au milieu d'une forêt, c'est si romantique ! » Mais cette maison n'était pas comme les autres maisons, elle l'avait toujours su. Il y avait quelque chose qui grandissait dans ses entrailles, une moisissure de la cave au grenier, qui finirait par dévorer ma tante, morceau par morceau, elle en était persuadée. Elle avait dit à sa tante que sa mort serait immobilière, mais elle ne l'avait pas crue[37].

Le crime transparaît dès le premier paragraphe, la mort est annoncée, proclamée par la narratrice, Amélie, cynique et pessimiste. Tout serait de la faute de la maison, demeure par ailleurs décrite comme confortable.

---

[37] Ibid.

Outre Amélie, les critiques ne semblent jamais s'arrêter : Lola veut s'en enfuir car elle a « l'impression d'être en prison » et Marie pense que « la maison [lui] veut du mal. » Cette dernière pensée est intéressante puisqu'elle dénote : elle donne une volonté à la demeure. Marie se démarque : elle serait la victime principale, ironique, considérant le décès peu après de sa tante. Ce basculement, cette fausse prédiction, fait aussi basculer l'histoire : ce n'est plus Marie la victime, mais sa tante, par conséquent, Marie induit le lecteur en erreur. Le soupçon diffère, se déplace : si la maison, c'est l'ouvrage, Marie n'a pas tort de se sentir en danger. Mais, n'étant qu'un personnage, le secret fondamental de l'œuvre lui échappe.

La blonde Marie, dans toute sa fragilité, sa naïveté, est une victime parfaite mais c'est la tante que tout le monde aime, qui n'a même pas de nom, qui est étranglée. Pas d'héritage en jeu, pas de jalousie, pas d'ennemis. Marie et Amélie, les jumelles, ne se supportent pas ; Lola et ses mystérieuses jambes cassées dont elle refuse de parler semblent cacher un sombre passé ; mais c'est la tante et ses tartes au chocolat qui sont assassinées. Dans un Agatha Christie, ce serait comme poignarder le majordome au lieu de la riche héritière. Pourquoi elle ? C'est cela le secret du livre.

Le secret, c'est le thème principal des œuvres de Debreuil, un secret qu'elle pousse jusqu'à sa propre vie, à ses propres mots. Un voile recouvre ses écrits, une ambiguïté toujours permanente que peut-être, il ne faudrait jamais défaire. C'est bien ce secret qui amène ses lecteurs à la lire et à la relire, et nous à l'étudier, encore, pour tenter de la comprendre, de l'élucider. C'est certainement ce secret qui a repoussé grand nombre de ses lecteurs potentiels, tout comme le succès. L'hameçon mord ou ne mord pas ; Proust comparait son œuvre à une robe qu'il cousait, Debreuil construit son livre comme un piège. La seule question, c'est l'identité de la proie[38].

journaldememoire.doc

Est-ce possible d'analyser un roman policier sans en connaître la fin ? Sans avoir posé les yeux dessus ? Et si ce livre n'existait pas ? Qu'il n'était qu'une gigantesque

---

[38] Mayim, « Espaces et contre espaces – les dynamiques de Debreuil », in *L'Errance*, 1997, n°52.

blague parmi les « debreuillistes », un livre entièrement inventé dont ils, enfin, elles font semblant de parler ?

J'ai presque envie de poser la question à Dumonier mais j'aurais peur qu'elle se moque de moi. Non, elle ne ferait pas ça. Je ne sais pas comment elle réagirait. Elle penserait peut-être que je poserais la question symboliquement. Je demanderais : « Est-ce que La Petite fugue existe vraiment ? » et elle me répondrait : « Qu'est-ce qu'exister ? C'est la question que pose Debreuil dans tous ses livres. » Et je n'en saurais pas plus.

Je la croise à peine : honnêtement, je l'évite. Nos rares interactions ont été loin de m'aider, au contraire. Quand je lui ai demandé d'où elle tenait sa source pour sa citation de Joseph Levy, elle m'a répondu qu'elle l'avait notée « quelque part », mais je commence à comprendre que « quelque part », c'est perdu à jamais. À croire qu'elle le fait exprès : je pourrais la soupçonner d'être de mèche avec Debreuil si elle ne me semblait pas incapable du moindre mensonge. Elle expose à tous ses étudiants ses oublis, les retards qu'elle a pris pour corriger des copies, sans la moindre honte, elle raconte que la tache sur son chemisier est à cause d'un café qu'elle a pris ce matin, que si son cours n'est pas entièrement cohérent, c'est qu'elle n'a pas eu le temps de le finir. Je connaissais sa réputation en choisissant de faire mon mémoire avec elle ; à croire que j'aime me saborder.

Pour revenir à la *Petite fugue*, est-ce que j'ai besoin de connaître la fin pour en parler ? Parfois, j'ai hâte de finir des livres juste pour pouvoir les poser et les laisser reposer dans ma tête. J'atteins la fin en bâclant ma lecture, pour le simple plaisir de me remémorer l'histoire depuis le début, d'étudier des analyses écrites par d'autres.

Italo Calvino a écrit un livre avec de multiples incipit, j'aimerais un livre qui ne soit fait que de fins. C'est ce qui m'empêche de sombrer, ce point à la fin des livres de Debreuil. Au moins, cela s'arrête, contrairement à tout autour de moi, contrairement à Sarah, contrairement à mon mémoire, à mes mails hésitants.

J'aimerais atteindre ma fin pour enfin comprendre. J'ai analysé mille fois la fin de ma relation avec Sarah, j'ai un putain de document Word à son nom avec des dizaines et des dizaines de pages dedans, consacré uniquement à notre relation, et je ne peux pas dire que je n'ai pas compris pourquoi nous nous étions séparées, mais je n'ai pas compris pourquoi j'avais fait cet effort. Quelle note j'attends sur cette analyse, quel article puis-je en tirer ? La scène s'est tant jouée dans ma tête que je pourrais en faire une analyse linéaire.

Ce que je n'arrive pas à déterminer, c'est le point de rupture : est-ce que notre première rencontre était déjà annonciatrice ? Ce premier Souccot ? Ce week-end chez sa mère ? J'ai beau réécrire ces souvenirs dans un joli passé simple, bien distant, bien éloigné du présent, j'ai beau les transformer en un roman dit classique, en chapitres parfaitement découpés pour être étudiés dans des commentaires composés, je n'arrive pas à savoir. Mieux j'écris, moins cette histoire m'appartient. Le style est une armure.

Est-ce la seule fois où je l'ai amenée dans l'Eure, dans ma maison pleine de fantômes ? Ma mère, qui nous attendait à la gare, aurait pu me prévenir pourtant : c'est une experte en rupture douloureuse, aussi bien littéraire que réelle.

sarah.doc

Date : janvier 2016, pendant les vacances de Noël, juste après le nouvel an.

Décor posé, gare sombre, trois personnes descendirent du train, Sarah, moi et un homme, avec sa mallette. Il fait la Défense-Eure tous les matins et tous les soirs. Il sortit du même wagon, de la même porte que nous, juste trois pas devant : sa cigarette électronique formait un nuage de fumée blanche, éclatante dans l'obscurité (belle antithèse). Sa cigarette était à la fraise et l'odeur resta sur nous jusqu'à ce que nous soyons rentrées dans la voiture.

La voiture était là, phares allumés, seule voiture dans ce parking désert : ma mère n'était pas descendue nous accueillir. La voiture aurait pu être vide, cela n'aurait rien changé. Ma mère aurait pu être vide, non, ma mère était vide et ça ne changeait rien non plus.

Sarah s'assit à l'arrière et dit « Bonsoir ! Je suis ravie de vous rencontrer » et ma mère se retourna et dit « Bonsoir » avec une trace de sourire, oubliée là il y a vingt ans, qu'elle se hâta d'essuyer en dirigeant son regard vers la route.

Le trajet, une quinzaine de minutes, se fit en silence. J'avais prévenu Sarah que ma mère n'était « pas bavarde », un euphémisme qui nous écrasait désormais dans la voiture, si bien que je finis par ouvrir la fenêtre, ne serait-ce que pour entendre le bruit des roues.

La maison était évidemment éteinte, au sens propre comme au sens figuré, et ce n'était pas la lampe du couloir qui allait la rallumer.

Ma mère avait fait des pâtes au pesto auxquelles Sarah réagit avec plus d'enthousiasme qu'elles le méritaient. Pendant le dîner, ma mère posa deux questions : « Que veux-tu faire plus tard ? » et « Pourquoi fais-tu de la littérature ? », sans doute les questions les plus personnelles qu'elle connaissait. Sarah n'avait pas besoin de beaucoup de questions pour parler, c'est une vraie littéraire après tout, un sujet de quelques lignes lui suffit pour écrire huit pages. Elle parla, parla d'elle, d'un livre qu'elle avait lu la semaine dernière, d'un prof qu'elle n'aimait pas, d'un colloque qu'elle avait vu. Elle demanda à ma mère si elle aimait être professeur de français, ce à quoi elle répondit « Oui » et Sarah insista « Vous avez dû être contente de voir Nathalie faire des études de lettres » et bien entendu « Oui ». Ma mère aussi est une vraie littéraire, elle sait la valeur de chaque mot qu'elle prononce et elle les économise, radine de chaque voyelle perdue.

Quand Sarah me dit, dès que nous fûmes enfin seules dans ma chambre, que ça ne s'était « pas trop mal passé », elle mentit ou elle parla en littéraire, ce qui revenait au même : elle élargit le sens des mots pour mettre tout ce qu'elle ne voulait pas dire dedans et « pas trop mal » devint « atroce » ou « ennuyeux » ou « oubliable » ou « ta mère est tarée » ou « ne m'invite plus jamais chez toi ». « Pas trop mal » voulait dire « choisis le sens que tu veux donner à cette soirée » et comme je ne voulais pas choisir, je dis « C'est vrai, je m'attendais à pire » et moi aussi, j'ouvrai le sens de « pire » pour mettre mille détails sur ma mère, cette maison et sur moi.

Nous aurions été ailleurs, nous aurions été chez elle ou chez moi, chez moi loin de cette maison, Sarah m'aurait demandé ce que j'entendais par « pire » et peut-être que je lui aurais dit, que je lui aurais parlé des mois entiers où ma mère ne parlait pas, parce qu'elle était contrariée par quelque chose, pour une question que j'avais posée. J'aurais pu lui parler d'un anniversaire où j'eus le malheur d'inviter deux amies et de ses regards noirs pour chaque cri de joie trop spontané. J'aurais pu lui montrer des photographies déchirées, punies pour avoir osé montrer le visage de mon père. J'aurais pu pleurer sur son épaule en évoquant des rendez-vous parents profs où ma mère me fusillait du regard tout le long pour un treize au lieu d'un quinze. Je n'ai jamais reçu une gifle, je n'ai jamais été privée de desserts ou de jouets ; et la main de ma mère, cela fait longtemps que je ne l'ai pas sentie sur mon dos, ses bras m'entourant. Un jour, elle m'a posée sur le sol pour m'apprendre à marcher : c'était fini.

Mais Sarah ne me posa aucune question parce que cette maison absorbe les questions pour mieux nourrir les fantômes. Le lendemain, nous partîmes tôt, à notre demande. Ma mère ne fit aucune objection.

journaldememoire.doc

« La narration chez Debreuil : le jeu du je », Miriam, *L'Errance.*

Chez Debreuil, la narratrice n'est jamais innocente : son plus grand crime est d'être consciente d'être dans un livre. Par sadisme littéraire, l'auteure crée des personnages pour mieux les emprisonner. La narratrice de *la Petite fugue*, Amélie, se sent enfermée sans comprendre pourquoi, jusqu'à la dernière page du livre : « La porte est ouverte, elle avait toujours été ouverte. Sa tante n'aimait pas les clefs. Rien ne l'empêchait de sortir. Qu'est-ce qui la retenait ? »

C'est une question qu'elle adresse aux lecteurs comme à l'auteure : sauvez-moi, libérez-moi de ce livre. Injure suprême, le cadavre de sa tante a été retrouvé au portail du jardin, à la limite de la narration, là où devrait s'arrêter l'histoire.

Amélie est prisonnière, coincée avec Marie, qui, à cause de son poignet cassé, ne peut même pas jouer aux cartes sans gémir, Lola, amie fidèle mais souvent mélancolique, et sa tante, qui n'a pas de nom, qui n'existe que pour mourir. Même le crime ne peut la libérer : la mort est trop loin pour avoir un impact. En effet, « le crime n'était pas réel : il avait eu lieu ailleurs. Il était détaché d'elle, d'elles, de la maison. »

Le crime se situe en dehors de la narration car il n'est pas raconté, même par la meurtrière. L'étranglement, ce moment primitif et sauvage, n'est pas dit. Seul nous reste le témoignage de Lola, qui, plongée comme chaque chapitre dans une contemplation rêveuse des champs environnants, accuse « le blé de ses cheveux », preuve irréfutable de la culpabilité de sa cousine, ce qui[39]...

Donc c'est Marie la coupable ? Mais je croyais qu'elle s'était cassé le poignet ? Un autre article que je ne comptais pas utiliser disait :

Le poignet cassé de Marie est un signe, signe de son incapacité à tuer mais signe aussi de son impossibilité à fuir la narration qui la condamne.

---

[39] Miriam, « La narration du Debreuil : le jeu du je », in *L'Errance*, 1995, n°33

Marie est arrêtée, autant par l'auteur que par la police : le lecteur témoigne en sa défaveur[40].

Mais plus loin dans le même article :

> Seule Marie aurait pu tuer la tante et seule Lola aurait pu tuer la tante et seule Amélie aurait pu tuer la tante : elles sont toutes coupables et elles sont toutes innocentes. L'innocence est chez Debreuil le premier signe de la culpabilité.

Et il y a cette « phrase finale » qui remet tout le livre en question, que personne ne se décide à révéler, comme une prière qui perdrait de sa puissance si elle était prononcée à voix haute. Cela pourrait être le nom de mon mémoire : « Jeanne Debreuil, l'écrivaine qui chuchote».

Ces femmes, celles que je connais, Mayim, Dalila, Myriam, toujours sous des pseudonymes hébraïques, elles forment un cercle littéraire, pour ne pas dire sectaire : il faut connaître les codes, être intronisée pour

---

[40] Robert Louvier, « Une impossible victime », in *Crimes de lettres*, 2001, n°80.

espérer les comprendre. La seule dont j'ai vu le visage, c'est Mayim, dans la vidéo du colloque et encore : l'enregistrement est de si piètre qualité que c'est surtout sa main qui tient le micro qui est mise en valeur, son pull noir, son tailleur. À peine sa bouche apparaît-elle parfois en haut de l'écran mais la caméra tremble trop pour que cela soit permanent. Le son est, en revanche, impeccable, suspect dans sa clarté. Je connais mieux Mayim par ses nombreux, nombreux articles que par ses yeux.

Prendre un nom de plume pour écrire sur la littérature, se distancier pour protéger quelques noirs secrets. S'auto-fictionnaliser. Quand Sarah m'a envoyé un texto disant simplement « J'ai rompu avec Daniel », l'usage d'un pseudonyme pour disparaître m'a semblé compréhensible. J'aurais aimé avoir utilisé un pseudonyme quand j'étais avec elle, pour pouvoir jeter ce nom quand notre relation s'est terminée. Si elle me prévient de sa rupture, c'est bien parce que je suis la même Nathalie qu'il y a cinq ans, la même qu'il y a six mois, la même qu'il y a un mois, la même qui lui a répondu : « Tant mieux » et qui a accepté de se retrouver à la BU pour travailler.

Sarah arrive en retard, comme d'habitude mais non sans s'en être excusée à de multiples reprises par messages, m'avertissant, minute après minute, qu'elle se rapprochait de plus en plus de la BU. « Errare humanum est, perseverare diabolicum[41] » disait ma mère quand j'oubliais de ranger ma chambre ou de faire la vaisselle. L'erreur est humaine, persévérer est diabolique mais j'emmerde ma mère et je fais un geste de la main pour montrer que tout va bien, installe-toi et faire taire ses excuses chuchotées alors qu'elle ouvre son ordinateur (nouveau sticker, « Feminist » écrit en pailleté). Elle souhaite travailler sur Proust ou plus exactement, sur une dissertation à rendre dans un cours que nous ne partageons pas ce semestre. C'est un cours mené par Dumonier, sur le rôle de la noblesse à travers la Recherche.

Sarah n'en dit que du bien, à défaut de parler de Daniel, de son anniversaire, de Barbara (sous la table, à

---

[41] « L'erreur est humaine, persévérer est diabolique. »

peine une minute après son arrivée, mon pied trouve le sien et ne bouge pas) :

« Tu aurais dû prendre ce TD. Je n'ai pas arrêté de penser à toi quand Dumonier a analysé toute la complexité de la duchesse et blablabla, c'est presque insultant que c'est l'autre dinde d'Eloïse au premier rang qui boive ses paroles plutôt que toi.

- Qu'est-ce que tu as contre Eloïse ?
- Elle déteste quand les gens posent des questions, tu as remarqué ? Elle les regarde méchamment, elle soupire, elle lève les yeux au ciel... Par contre, quand Madame fait une intervention, ça dure cinq minutes. Et toujours, elle ramène à son mémoire sur... Voltaire ? Diderot ?
- "L'anticléricalisme dans la philosophie des Lumières : étude des pièces voltairiennes."
- Voltaire a écrit du théâtre ?
- D'une part, oui, d'autre part, c'est moins sur ses pièces que sur des pièces qui sont généralement anonymes mais qui ressemblent beaucoup au style de Voltaire. »

Sarah ne répond rien (ce n'est pas sexuel sous la table, c'est doux, il ne se passe rien de plus, nos pieds sont juste côte à côte, c'est énorme et suffisant) et je me sens obligée de me justifier :

« Elle était dans mon cours de préparation au mémoire l'année dernière. Elle a mis tout le semestre à trouver son titre, je l'ai entendu une centaine fois avec mille variantes : "le rapport à la religion durant le siècle de Lumières", trop historique, pas assez littéraire, "les imitations voltairiennes", trop précis, "l'anticléricalisme théâtral", trop large et ainsi de suite. »

Les lèvres de Sarah s'étirent dans un malicieux sourire (le pied ne signifie rien, il est juste là en échange d'un baiser raté) :

« Elle a réussi à parler de son mémoire dans un TD sur Proust, c'est balèse quand même. Elle a dit... Elle a dit... "la critique de Proust sur la noblesse est un *Candide* du XXe siècle", j'ai cru que j'allais m'étouffer de rire, véritablement m'étouffer de rire, un *Candide* du XXe siècle, tu imagines ? »

Cela fait trente minutes qu'elle m'a rejointe et pas une ligne de sa dissertation n'a été écrite. Ce n'est pas moi qui risque d'avoir une mauvaise note en ne faisant rien et c'est pourtant moi qui reviens à la raison de notre « session d'étude », par peur qu'elle m'ait demandé de venir pour une raison plus personnelle, par peur d'apprécier un peu trop ces commérages. Sarah tourne son ordinateur pour me faire lire le sujet, noir sur blanc sur une page Word. Elle se rapproche de moi, (les pieds se séparent, les mains se touchent et ne se quittent plus), le sujet éclate sur cette page toute blanche :

« Dans quelle mesure l'esprit des Guermantes est-il une illusion ? »

La lecture seule du sujet me fait soupirer. Sarah descend en bas de la page et me fait voir les nombreuses notes qui s'étalent sur deux autres pages :

Illusion : du latin illusio (tromperie). Def Larousse : 1) Interprétation erronée d'une donnée sensorielle 2) Effet obtenu par le moyen de l'art, de l'artifice, du truquage et qui crée le sentiment du réel ou du vrai.

⇨ Donc fabrication pour faire vrai, effet de réel. Désir de tromper, de faire croire. Sous-entend qu'il y a quelqu'un à tromper, volontairement.

⇨ **Problème** : les Guermantes veulent-ils volontairement tromper le narrateur ?

⇨ **Problématique** : L'esprit des Guermantes est-il / Apporte-t-il / le narrateur est-il conscient...

« Première étape : définir les termes du sujet », écrit sur toutes les méthodologies de toutes les dissertations du monde. Sarah explique ses notes, les corrige en se penchant à moitié sur moi pour taper sur le clavier, en tentant de garder sa voix suffisamment basse pour ne pas effrayer les étudiants en droit de la table d'à côté (c'est sa main sur la mienne, elle est juste posée sur ma main, comme deux livres posés l'un sur l'autre dans une pile) :

« Mon problème et du coup, ma problématique, c'est ça. Le narrateur de la Recherche entend parler en permanence de "l'esprit des Guermantes", avec cette idée que cette noble famille sur laquelle il fantasme serait plus brillante, plus cultivée que son milieu social, la bourgeoisie. La duchesse est connue pour être impertinente, faire des traits d'esprit piquants, elle aime la littérature, la musique... Quand il parvient enfin à rentrer dans leur cercle, déception : les Guermantes discutent de banalité, ils sont incapables d'apprécier un tableau pour ce qu'il est. L'art est un outil mondain pour se faire bien voir : pas d'individualité, pas de profondeur chez ces gens-là.

- Tout juste. Et ? Pourquoi tu as besoin de moi ?
- L'esprit des Guermantes, un mythe de la noblesse, une rumeur propagée pour les glorifier, oui, évidemment mais qui veut-on tromper ? Le narrateur ? Est-ce une illusion délibérément construite ou est-ce que tous ces nobles prétentieux et vides y croient réellement ?»

Elle a recommencé à se ronger les ongles visiblement et son doigt entaillé change, touche par touche, sa problématique « dans quelle mesure », « en quoi », « comment », les mots bougent sans jamais se fixer. Je m'écarte de l'écran, m'assieds en face, la laisse avec ses absences d'ongle et ses problématiques multiples (les mains se séparent, le cœur ne suit pas).

La BU est calme. Ma tête est bruyante (elle est bruyante, au présent de narration et elle l'est encore, alors que j'écris ces lignes, quelques heures après. Cours de grammaire niveau collège, l'usage du présent de narration dans une histoire rend la scène plus proche du lecteur, plus vivante. Je suis plus que vivante, j'explose).

Je pianote à mon tour sur ordinateur, j'écris en parlant, je pense en écrivant :

« Tu veux que ta problématique questionne si les Guermantes sont conscients que leur fameux "esprit" est loué par le Tout-Paris ?

- Je ne vois rien d'autre ? Évidemment que c'est faux et Dumonier ne veut pas que j'écrive six pages en expliquant en quoi c'est faux et en faisant un catalogue de tous les exemples dans la Recherche qui montrent que c'est faux. Est-ce que les Guermantes créent leur mythe ou est-ce qu'ils y croient, est-ce qu'ils sont sincèrement persuadés de leur intelligence ?

- C'est plus une analyse psychologique qu'une dissertation.

- C'est de Proust dont on parle. Évidemment que c'est psychologique.

- Tu pourrais parler... de comment on ne définit jamais cet esprit. À part "la duchesse est très sarcastique !" on ne dit jamais vraiment en quoi cela consisterait. À un point où le narrateur se demande s'ils ne font pas tous semblant d'être idiots en sa présence, que leur véritable "esprit" ne se révèle qu'en cercle bien plus privé, que…»

Je m'arrête car Sarah me fait un geste m'ordonnant de me taire, sans méchanceté ; saisie d'une inspiration, elle chuchote à peine :

« C'est le narrateur qui crée cette illusion. C'est lui qui imagine cet esprit, qui le fait exister. C'est lui, le magicien. Pour lui-même, pour se projeter, pour avoir quelque chose à admirer. Il tombe dans son propre piège.

- Donc c'est creux ? C'est vide ?

- Évidemment.»

Toute une dissertation pour du vide. J'argumente, alors que l'heure sur mon portable m'indique que mon prochain cours va commencer (je croyais que c'était difficile d'embrasser une fille pour la première fois mais c'est pire encore quand on sait à quoi le baiser pourrait ressembler si jamais, si jamais j'osais, si jamais) :

« Et Swann dans tout ça ? Le bon Charles Swann, l'ami des Guermantes, le héros de jeunesse du narrateur, le véritablement intelligent et cultivé Charles Swann ? Il les apprécie, les Guermantes, il reste en leur compagnie, il vante leurs mérites. Ce serait du vent ?

- C'est un snob. La duchesse pourrait ne pas savoir lire, il chercherait quand même à la fréquenter. Mais il fait partie de l'illusion, c'est la porte d'entrée : si lui y croit ou prétend y croire, si même lui parle de cet esprit, alors il devient réel aux yeux du narrateur. »

Elle a pris mon intervention comme une remarque pour développer son idée et je veux contre-argumenter à nouveau mais je ne peux plus ignorer l'heure. Je me lève ou plutôt, je m'extirpe de cette discussion sans doute plus enrichissante que mon cours magistral (elle me touche le coude, je la regarde et pendant un instant, j'hésite à lui donner rendez-vous chez moi le soir même puis je pense à mon cours demain matin à huit heures et je me détourne). Elle est retournée à son ordinateur, elle tape, tape et je ne peux m'empêcher de dire :

« Je ne suis pas d'accord mais je vais t'envoyer quelque chose et tu pourras utiliser ça. »

Elle s'arrête dans son geste, le doigt sur une touche :

« Tu écrirais la dissert ?

- Tu m'en dois une pour la prochaine fois. J'ai un essai sur Chrétien de Troyes et ça me gonfle, si tu cherches quelque chose à faire. »

L'essai est déjà fait, presque rendu mais elle n'a pas besoin de l
« À l'ancienne. »

Cela fait quoi ? Six mois au moins que je n'ai pas écrit en son nom et quand j'ouvre un document Word et que je commence à écrire sa dissertation sur Proust pendant mon cours magistral sur la poésie médiévale, c'est bien plus érotique que notre baiser manqué à sa fête.

(RAPPEL : copier-coller dans sarah.doc à partir de « Quand Sarah m'a envoyé un texto »)

Proust et l'esprit des Guermantes – dissertation pour Sarah

SUJET : Dans quelle mesure l'esprit des Guermantes est-il une illusion ?

RAPPEL POUR L'INTRO :

- Ouverture commençant par évoquer d'autres œuvres, l'histoire littéraire plus largement pour arriver au livre étudié.
- Présentation de l'auteur, du livre et du sujet.

- Problématique
- Annonce du plan

On peut considérer que le roman français moderne est né au XIXe siècle, sous la plume (ringard) de Balzac / Stendhal / Victor Hugo / etc. (quel rapport avec Proust ?)

La Révolution française, commençant en 1789, a bouleversé la place de la noblesse dans la société française. Ces changements ont été décrits dans de nombreuses œuvres littéraires, de Beaumarchais à Proust (trop fac d'histoire).

De   tout   temps   l'homme
pfffffffffffffffffffffffffffffffffffffffffffffffffffffffffffffffffffffffffffffffffffffff fffff
(Trouver ouverture plus tard)

Marcel Proust est un auteur né en blablabla ; sa grande œuvre, *À la recherche du temps perdu* a été publiée de blablabla à blablabla (NOTE : Wikipédia « Marcel Proust », ou Sarah peut bien compléter elle-même au pire) Il y raconte l'évolution d'un jeune homme à travers la société française du début du XXe siècle, ses amours et ses déceptions. *La Recherche* a ses mythes, aussi bien au sein du texte lui-même qu'en-dehors. En-dehors, c'est la vie de Proust qui intrigue : il a écrit presque jusqu'à son dernier souffle, il aurait rencontré Oscar Wilde, qui se serait moqué de l'appartement de ses parents, il aurait partagé une voiture avec James Joyce… Au sein du livre, les personnages de la Recherche partagent des rumeurs, des histoires et Proust joue avec la déformation inéluctable de la vérité par le passage du temps. Parmi ces mythes, on retrouve Odette et son mystérieux passé, la bisexualité possible de Gilberte et bien entendu, l'esprit des Guermantes. Inspiré de l'esprit des Mortemart évoqué par Saint-Simon, il traverse *la Recherche* : le narrateur le perçoit comme une magie inatteignable. La duchesse de Guermantes en est l'incarnation, dit-on. Dit-on, car qu'est-ce que l'esprit de Guermantes ? Qu'est-ce que l'esprit de Mortemart ? Ne serait-ce qu'une illusion, en d'autres termes, un effet pour faire vrai, un tour de magicien ? Dans quelle mesure l'esprit des Guermantes

Comment le narrateur imagine-t-il

En quoi Proust nous présente-t-il

Dans une première partie, nous verrons (trop scolaire) Nous nous intéresserons d'abord (qui s'intéresse ?), dans un premier temps, dans un deuxième temps, dans un troisième et espérons dernier temps REFAIRE ANNONCE DU PLAN AVANT D'ENVOYER A SARAH (Ne pas oublier de rajouter une ouverture, une présentation de l'œuvre et du sujet et une problématique.)

journaldememoire.doc

« Ça ne respecte pas vraiment la méthodologie de la dissertation », m'a dit Sarah. « Mais ça fait plaisir de lire quelque chose de toi. Sinon, rien à voir mais j'ai entendu un rabbin sur France culture, il avait l'air super, il a fait quelques blagues, tu devrais le contacter » a-t-elle rajouté.

Monsieur,

Je vous écris parce que mon grand-père ~~est~~ était juif et j'ai un livre chez moi où il a écrit des choses en yiddish et j'aimerais pouvoir les comprendre.

Je ne parle pas yiddish, je ne suis pas juive et

Je ne suis pas chrétienne.

Je suis

Je vous écris parce que j'ai un chandelier chez moi : ma mère a gardé certaines affaires de son père.

~~Je vous écris parce que mon ex est juive~~

Je suis

Je ne suis pas baptisée. Ma mère a été baptisée mais elle n'est pratiquante d'aucune religion.

~~Mon père est parti~~

~~Je ne connais pas la religion de mon père~~

~~Je ne sais pas si mon père est~~

~~Mon père est~~

Je suis

Je fais des études de littérature. ~~Ma mère est professeure de français dans un lycée~~. (inutile)

Je souhaiterais

Ma mère a beaucoup de bougies chez elle mais elle ne les allume jamais.

J'aimerais

Je ne sais pas ~~si je suis croyante.~~

Je voudrais

~~J'aimerais être croyante. Est-ce que vouloir l'être ne veut pas dire qu'on l'est déjà ? Si j'espère que Dieu existe, ça veut dire que je crois ? Mais si Dieu existe, qu'est-ce que je dois faire ? Est-ce que je dois prier tous les matins ? Est-ce que je dois lui demander pardon pour toutes les bêtises que j'ai faites ? Est-ce que tout va devenir plus clair, est-ce que tout va devenir cohérent ? Est-ce que je saurais enfin ce que je fais là, pourquoi je suis là, pourquoi j'étudie des livres écrits par une autrice qui n'existe pas ?~~

Seriez-vous disponible pour un rendez-vous ?

Cordialement,

Nathalie Agnese

Je suis allée à la Bibliothèque nationale de France pour trouver des vieux exemplaires de *L'Errance*.

Je ne m'attendais pas à trouver trois différentes versions du quatrième numéro. Que les deux variantes du cinquième numéro n'aient pas toujours le même nombre de pages. Qu'on passe du sixième au huitième sans aucune mention d'un septième quelque part. Deux articles de Mayim, les mêmes à tout point de vue, mais l'un d'eux a un adverbe supplémentaire.

Je ne m'y attendais pas mais peut-être aurais-je dû le prévoir. Le premier numéro qui, pour ce que ça vaut, n'a qu'une version connue, le proclame dès l'éditorial (évidemment rédigé par Dalila). Outre « L'imposture du nom », article signé collectivement, Dalila écrit en lettres capitales :

LA LITTERATURE SERA ANONYME OU NE SERA PAS

Et signe, sans la moindre ironie, cet éditorial de huit mots. Mais si Dalila est bien un pseudonyme, elle a raison : elle n'a rien dit d'elle. Tant anonyme que son identité ne peut être révélée par son écriture.

Sur la dernière page du premier numéro, un formulaire invite des lectrices ou lecteurs à envoyer des articles sous un pseudonyme. « Nous n'avons pas besoin de savoir qui vous êtes, au contraire : le nom de famille est rédhibitoire pour être publié dans *L'Errance* ».

Les trois premiers ne mentionnent pas Jeanne Debreuil. Le numéro dans lequel elle est mentionnée pour la première fois est le trente-deuxième, dans une critique élogieuse d'*Elle,* signée par Miriam. Je sais qu'elle n'apparaît pas dans les trente-et-unième autres numéros publiés avant car j'ai passé deux heures à les feuilleter les uns après les autres.

J'ai lu des articles sur des auteurs morts et vivants, sur des pièces de théâtre en projet qui n'ont jamais été jouées, sur des recueils de poèmes inachevés, sur des maisons d'édition en faillite. J'ai analysé des textes semi-littéraires, semi-théoriques, présents dans trois numéros différents sans explication. J'ai tenté de déchiffrer des fautes d'orthographe trop grossières pour ne pas être des indices, une clef, n'importe quoi. J'ai fait un calendrier des dates de publication, pour comprendre pourquoi certains numéros sortaient avec une semaine d'écart et d'autres trois mois. J'ai noté, noté, noté tout ce qui pourrait être utile, tout ce que je ne pourrais pas retrouver en laissant tous ces numéros à la BNF en rentrant ce soir, tout ce que je pourrais regretter de ne pas avoir sous les yeux, comme si je ne pourrais jamais revenir ou plutôt comme si je n'aurais plus jamais la force de revenir.

Entre cette première apparition et le dernier numéro, apparemment le soixante-dix-septième, Jeanne Debreuil est l'objet de cinquante-deux articles : la fréquence augmente au fil des numéros, comme le nombre par exemplaire. Par exemple, elle n'apparaît qu'une fois entre le trente-deuxième numéro et le quarantième, mais elle apparaît dix fois entre le quarante-cinquième et le quarante-huitième, et parfois, dans plusieurs articles différents. Dalila a écrit la moitié des textes sur Debreuil et Mayim un quart.

Ma mère m'a appelée quand j'en étais au dixième, Sarah au dix-huitième. Je n'ai pas répondu. Ma mère m'a envoyé un message, Sarah trois. Sarah a tenté de rappeler au cinquantième et contrairement à son premier appel, elle a attendu tout le long de la sonnerie que je réponde. Elle ne m'a pas laissé de message vocal.

Dans le soixante-quinzième numéro, cet article apparaît :

To the happy few – une défense de Jeanne Debreuil

Jeanne Debreuil a choisi de ne pas utiliser son droit de réponse ; c'est donc moi qui me lève à sa place. Elle ne m'a rien demandé, je ne la connais pas. J'ai simplement lu son livre, *L'homme qui dégringole*, et je l'ai tant aimé que je l'ai conseillé à tous mes proches. Il est visiblement arrivé sur le bureau d'une certaine Julienne Berade, qui n'a apparemment pas partagé mon avis, à en croire la critique assassine publiée dans le soixante-quatorzième numéro de *L'Errance*, *ma* revue. C'est à cette critique que je réponds, et en y répondant, je m'adresse d'avance à toutes les autres critiques potentielles. Évidemment, rien ne force quiconque à apprécier Debreuil, mais qu'on soit au moins juste dans les reproches qu'on lui fait.

Debreuil ne parlerait qu'à « peu de monde » ? Peu d'admirateurs, donc peu d'intérêt ? C'est un peu court. Le travail de Debreuil est pour tous ; j'invite tout le monde à lire ses livres, puisqu'elle nous a bénis avec plus d'un, et à se faire son propre jugement. Ce qu'écrit Debreuil est universel ; ce n'est pas sa faute si peu sont capables de s'en rendre compte. À moins que vous ne choisissiez de ne pas le voir ? Je m'interroge : avons-nous bien lu le même livre ? J'en doute, car qui pourrait rester insensible aux plaintes douloureuses de l'homme de l'escalier, à ses rêves frappants, à ses angoisses, terriblement humaines ? Comment oser la réduire à la théorie, alors qu'elle n'est qu'émotion dans les terreurs qu'elle nous décrit ? Je n'ose pas écrire qu'il faudrait ne pas être humain pour ne pas le voir, mais il y a quand même là une forme de cécité, sans doute volontaire, une mauvaise foi littéraire.

Au-delà de Debreuil elle-même, comment ose-t-on réduire un auteur à son nombre de lecteurs ? Des siècles d'histoire littéraire nous ont bien servi de leçon, et pourtant, à chaque génération, nous nous obstinons dans nos erreurs. Cela fait longtemps que l'on sait que le talent ne garantit le succès, et inversement. Cela me choque d'autant plus qu'ici, à *L'Errance*, c'est bien notre politique : nous ne nous intéressons pas aux ventes mais au contenu, aux messages, aux analyses. Cela nous a valu bien des soucis dans le passé, et encore aujourd'hui, et nos lecteurs fidèles savent à quel point une telle politique peut être financièrement délicate à l'heure des best-sellers. Les livres les plus hermétiques sont nos préférés, nous prenons le risque de les aimer : un tel article dans notre chère revue me surprend et en particulier, un article signé sans pseudonyme.

Oh Jeanne Debreuil, pardonne-leur ! Ils ne savent pas ce qu'ils font.

Dalila[42]

J'ai regardé mon téléphone. Il était dix-huit heures. Dans son message, ma mère me demandait si je revenais bien à la maison ce soir et « joyeux anniversaire Nathalie ». Sarah me souhaitait une bonne « vingt-quatrième année sur terre » et me demandait où je fêtais « ça ».

J'avais une chance sur trois-cent-soixante-cinq d'avoir juste alors j'ai rempli le formulaire sur le soixante-quinzième numéro, j'ai écrit « Joyeux anniversaire, Jeanne Debreuil, est-ce que vous pourriez m'envoyer votre putain d'unique entretien » en dessous

[42] Dalila, « To the happy few – une défense de Jeanne Debreuil », in *L'Errance*, 1998, n°75.

de « Sujet de votre article », j'ai laissé mon numéro, mon adresse, mon mail et j'ai signé Athalie. J'ai mis la revue dans mon sac et je suis sortie, en souriant avec fatigue au portique de sécurité. J'ai marché jusqu'au RER, je me suis assise dans le train et j'ai envoyé un message à ma mère pour lui dire que j'arrivais mais que je repartirai dès dimanche matin.

Des larmes sont tombées, horriblement cathartiques, terriblement nécessaires, une véritable purification de mes émotions. Mon corps a fait le ménage et je l'ai laissé faire, je l'ai autorisé à prendre le contrôle de mes yeux.

Le nettoyage a duré le temps du trajet ; je suis montée dans la voiture de ma mère les yeux secs. Et ô combien cela s'est révélé utile quand ma mère m'a demandé où j'en étais dans mon mémoire :

« Ça va. J'avance bien. »

Elle m'a offert une Pléiade de Proust, je l'ai glissée dans mon sac, la couverture en cuir et le papier bible coincés contre le papier de mauvaise qualité de *L'Errance*, griffonné et déchiré.

J'ai envoyé le formulaire le lendemain.

16 février – Mail de Nicole Dumonier

Chère Nathalie,

Je vous envoie ce mail pour vous prévenir : nous sommes déjà mi-février. Dans moins de deux semaines, nous serons de nouveau en vacances, ensuite, mars, avril… et mai, où vous devrez me rendre votre mémoire. Or, je n'ai reçu de vous qu'une belle introduction et une première partie mais pas de plan depuis quelques mois, pas d'indications sur votre avancement.

Peut-être avancez-vous très vite mais il faut me tenir au courant, pour que je puisse vous guider sur votre travail et vous écarter des mauvaises routes que vous pourriez prendre. Prenons rendez-vous ensemble avant les vacances ou après les vacances, selon ce qui vous arrange et faisons un point sur ce que vous avez fait et ce qu'il vous reste à faire.

Je vous mets en pièce jointe une intervention récente que j'ai faite au Collège de France, pas sur Jeanne Debreuil mais sur *L'Errance*, revue tenue par Dalila, vous souvenez-vous ? Vous m'aviez posé des questions à son sujet.

Bien à vous,

Nicole Dumonier

journaldememoire.doc

Première minute de « l'intervention récente que j'ai faite au Collège de France ». Première minute et j'ai déjà fait pause, mon souffle est court, j'étouffe, je me noie, je succombe.

Première minute et une femme dont j'ai déjà oublié le nom présente Nicole Dumonier en ces termes : « ... et comment oublier ses contributions nombreuses à l'étude debreuillienne. Je ne peux tout citer mais je pense à "Espaces et contre-espaces : les dynamiques de Debreuil", qui parvient à étudier *La Petite fugue* sans nous dévoiler la fin, "La fausse déception chez Debreuil", article fascinant sur notre rapport à l'auteur, le colloque qu'elle a dirigé récemment sur la modernité littéraire ou encore ses nombreuses contributions à *L'Errance*, sous un autre nom bien entendu. « Mayim », en hébreu, c'est la source, et quelle source elle a été pour le milieu universitaire français ces vingt dernières années... »

Sarah, qui sortait d'un rendez-vous avec « Dumonier » quand je l'ai appelée, n'a pas trouvé ça étrange ; amusant, tout au plus :

« Et en même temps, c'est assez logique... Je parlais avec elle il y a dix minutes et c'est vrai qu'elle a ce côté très bouillonnant, beaucoup d'idées et elle s'embarque dans des explications compliquées... Je suis vraiment bête de ne pas l'avoir reconnue dans ce colloque mais bon, je ne l'ai regardé qu'une fois. Tu n'as vraiment rien vu avant ? »

J'essayais, pendant qu'elle parlait, de me souvenir de toutes les fois où j'avais vu Dumonier, Nicole Dumonier. Un premier rendez-vous il y a plus de six mois, où nous avions parlé de mon mémoire, où elle m'avait dit « Jeanne Debreuil, c'est une excellente idée ! Nous manquons de mémoires à son sujet », puis un deuxième rendez-vous pour confirmer qu'elle serait ma directrice ? Non, elle me l'avait confirmé par mail, puis un semestre entier à suivre l'un de ses cours et à ne pas l'écouter, à chercher des informations sur Debreuil sur google, sur *L'Errance*, sur Mayim, pendant qu'elle parlait de... Je ne sais même plus sur quoi était son cours. Beaucoup de mails envoyés, des « bonjour ! » rapides dans le couloir, beaucoup de moments passés à l'éviter ces derniers mois. Et Sarah continuait :

« Mais si on la présente comme ça au Collège de France, ça veut dire que ce n'est pas un secret non plus. Elle a dû croire que tu le savais, elle est tellement perchée de toute façon. Je ne vois pas où est le problème.

- Tu ne vois pas le problème ? Tu ne vois vraiment pas le problème ? »

Ma voix tirait sur les aigus et celle de Sarah tentait d'être rassurante :

« Pourquoi c'est important ? Qu'est-ce que ça change ? Ce n'est pas Jeanne Debreuil en personne. C'est une universitaire qui a pris un pseudonyme il y a quelques années pour écrire des articles. Et devine quoi ? Aujourd'hui, elle écrit encore des articles mais sous son vrai nom. Qu'est-ce que ça change, fondamentalement ? Est-ce que tes analyses sur Debreuil perdent de leur sens en apprenant ça ?

- Donc ça ne change rien un nom ? Tu m'appelles Athalie du jour au lendemain et ça ne change rien ?

- Mais quel rapport avec toi ? Quel rapport avec quoique ce soit ?

- Tu ne vois pas que ça dépasse le mémoire ? On dirait une… conspiration, c'est forcément un indice de… Je ne sais pas ! Et si c'était Debreuil elle-même, tu y as pensé ?

- Tu délires.

- Je délire ? Ma directrice de mémoire a écrit pendant des années des articles sous un pseudonyme dans une revue qui prône "l'imposture du nom" et c'est moi qui délire ? J'étudie une autrice que PERSONNE ne connaît, publiée par un éditeur reclus, autrice qui a soudainement disparu du jour au lendemain et qui, franchement, a écrit des livres plutôt cryptiques ? C'est moi qui délire ?

- C'est toi qui délires parce que PERSONNE ne cherche Debreuil, personne ne devrait chercher Debreuil et surtout pas toi : depuis quand tu es flic ? Ton seul travail, c'est d'analyser ses livres "cryptiques" et d'avoir une bonne note à la fin de l'année pour faire une thèse, l'agreg ou n'importe quoi d'autre. Tout le monde se fout de savoir qui est Debreuil ou plutôt : se demander qui est Debreuil, se demander pourquoi elle a choisi de rester inconnue, toutes ces questions sont bien plus intéressantes que les réponses que tu pourrais trouver. Et au cas où tu l'aurais oublié, on ne fait pas de la littérature pour trouver la vérité, on fait de la littérature pour se poser des questions. La vérité… »

Sa voix, emmêlée par mes propres inquiétudes, tordue par ses doutes, lourde de détails, de mains effleurées sans un mot, de baisers rejetés et de regards attristés pendant des mois en cours :

« La vérité, c'est qu'il n'y a pas de vérité. Il n'y a pas de vérité sur pourquoi on s'est séparées, il y a mille raisons. Il n'y a pas de vérité à découvrir sur Debreuil mais il y a mille choses à dire. Il n'y a pas de… vérité que tu vas trouver si tu vas voir un rabbin, c'est un chemin que tu vas prendre, ou pas, et tant pis. Il n'y a pas de vérité, il n'y a pas de bonne solution, il y a juste… nous. Ça ne suffit pas ? »

J'ai raccroché, je l'ai écoutée et j'ai raccroché, car je n'aurais pas pu répondre sans pleurer.

« Le pseudonyme : un rituel intime », Dalila, ***L'Errance***

Nous défendons l'usage du pseudonyme dans notre revue : l'adoption d'un nom de plume, d'un nom temporaire ne demande pas d'administratif. Il suffit de le vouloir et le nom existe. Personne ne va demander vos papiers si vous signez un article d'un autre nom que le vôtre.

Cette absence de formalités peut paraître rassurante et surtout moins chronophage qu'un véritable changement de nom. Cette facilité manque cependant de cérémoniel, ce qui peut aussi être déconcertant : ce n'est qu'un nom éphémère, un nom littéraire mais cela reste un nom, un nom qui va être associé à certains de nos travaux, des parties de nous dans des mots.

Ce n'est qu'un nom et c'est tout à la fois : pour pallier ce vide, nous proposons dans cet article ou plutôt, ce mode d'emploi, une cérémonie pour pseudonyme. Plus qu'une transformation, c'est un passage entre deux mondes, une porte à ouvrir pour faire la transition. (Je suis rentrée chez moi, j'ai tout fermé, et j'ai fait couler un bain.)

Pour commencer, écrivez le nouveau nom. Au stylo, à la plume, au crayon à papier, qu'importe : mais écrivez-le sur une feuille que vous pourrez garder. Écrivez-le en le rendant aussi précieux qu'un nom de dieu. Écrivez-le avec toute la révérence nécessaire qu'on doit à un mot ancien, plus vieux que vous et qui vivra après vous. Écrivez-le comme si c'était votre seule chance de l'écrire, comme si une seule faute le réduirait en morceaux. Écrivez-le sans avoir peur mais sans être à l'aise. Écrivez-le plusieurs fois si nécessaire mais ne gardez qu'une feuille, la dernière.

(J'avais un paquet entier de feuilles à petits carreaux mais il ne m'a fallu qu'un essai. « Athalie » me regardait, sept lettres écrites au stylo Bic avec plus d'autorité sur moi que n'importe laquelle de mes Pléiades.)

La feuille, par ce nom devenu sacré, est maintenant un objet précieux. Vous ne pouvez la jeter, vous ne pouvez la brûler, vous ne pouvez la plier. Ce nom la rend indestructible, impossible à tordre. C'est vous, une bribe de vous sur du papier. Vous lui avez donné ce pouvoir.

(Peut-être justement parce que Dalila écrit que je ne peux pas le faire, j'ai eu envie de brûler la feuille. Peut-être justement parce que j'ai eu envie de le faire, parce que je l'ai pensé plutôt que de le faire, je ne l'ai pas fait.)

Les noms sont des étoffes que l'on met sur notre être pour le recouvrir : déshabillez-vous et plongez-vous dans l'eau, immergez-vous entièrement. Restez seule avec ce nom, sans protection. Invitez-le dans votre intimité. Montrez-vous vulnérable : si vous ne pouvez être vous-même avec un nom que vous avez choisi, avec qui pourriez-vous l'être ?

(Je ne prends jamais de bain. Depuis que je suis dans cet appartement, je n'ai pris que des douches, efficaces et vite finies. Un chat forcé de se laver n'aurait pas plus anticipé l'entrée dans l'eau que moi.)

Apprenez à vous connaître sous un autre nom.

(Il n'y avait pas qu'Athalie avec moi, dans ma tête, dans mon ventre, dans mes yeux. Je me suis immergée les yeux ouverts.)

Laissez ce nouveau nom vous connaître.

(J'ai hésité à remonter.)

Respirez avec un nouveau nom.

(L'air était froid quand je suis sortie.)

Prenez le temps d'exister sous cet autre nom. Étirez-le, testez-le comme vous essayerez une nouvelle paire de chaussures.

(Je me suis couverte de serviettes, de couvertures, de couettes, tout ce que j'ai pu trouver, je me suis allongée et j'ai dormi dix heures. Je me suis réveillée le lendemain matin, j'ai tripoté mon téléphone jusqu'à réussir à commander à manger. En allant récupérer la pizza que j'avais commandée dans le hall de l'immeuble, j'ai vu que j'avais du courrier.)

Faites le deuil de qui vous avez été pour mieux renaître dans qui vous serez. Savourez ce moment : vous ne serez jamais autant vous-même qu'à cet instant[43].

Dalila

18 février - Une autre lettre

Chère Athalie,

Je ne suis pas Jeanne Debreuil mais j'ai une copie de l'entretien que vous désirez. Tous les courriers envoyés à feu *L'Errance* me sont transférés.

Cordialement,

Dalila

« J'écris des livres que vous trouvez étranges, mais ce sont juste des livres qui correspondent à ce que j'aime. »

C'est peu dire que Jeanne Debreuil provoque des débats ; et pourtant, elle est absente des médias. Son dernier ouvrage, *L'Homme qui dégringole*, trouble de la première à la dernière lettre, en nous faisant descendre

---

[43] Dalila, « Le pseudonyme : un rituel intime », in *L'Errance*, 1993, n°2.

dans l'Enfer architectural d'un immeuble parisien. Jusqu'à aujourd'hui, Jeanne Debreuil n'avait jamais souhaité parler de ses livres. Mais en exclusivité, notre revue a réussi à échanger quelques mots avec la mystérieuse écrivaine.

Propos recueillis par Dalila.

Jeanne Debreuil a accepté une rencontre dans un parc : c'est là que je la retrouve. Elle est en train d'écrire ; elle lève la tête en me voyant arriver. Après quelques mots d'introduction, nous commençons rapidement l'entretien.

Avant toute chose, il nous faut évoquer la question qui sous-tend vos ouvrages ; on la retrouve dans votre recueil de nouvelles, en particulier avec le rôle de la chanteuse, et cette réponse, ou plutôt, cette non-réponse qu'elle fait à son mari, on la retrouve dans *Elle*, bien évidemment, c'est même la question principale, me semble-t-il ? Celle qui dirige toutes les autres en tout cas, et je me permets de vous la poser aujourd'hui : quel est le secret de vos ouvrages ?

Jeanne Debreuil : Le secret... ?

Il y a cette impression qui se dégage de vos livres – je ne sais à quel point c'est volontaire, que vous cachez toujours quelque chose à vos lecteurs, qu'il y a un deuxième sens. Quelque chose échappe toujours au lecteur. Je ne pense pas qu'il soit possible de réellement comprendre entièrement vos livres.

J.D : Je doute d'être le seul auteur dans ce cas.

Certes, certes, et on pourrait dire que ces doutes caractérisent la littérature en règle générale. Après tout, nous ne comprendrons jamais Balzac. C'est le motif dans le tapis, pour citer Henry James.

J.D : Qui ?

Vous ne connaissez pas Henry James ?

J.D : Non. Je lis peu.

Vous ne l'avez pas vu en cours ?

J.D : Je n'ai pas fait d'études littéraires.

On sait peu de choses sur vous, finalement.

J.D : C'est vrai.

Que répondez-vous aux critiques sur vos ouvrages, notamment celles vous reprochant d'être plus cryptique qu'intéressante ?

278

J.D, haussant les épaules : C'est la liberté de la presse. Ils ont le droit de ne pas aimer mes livres. Je ne vais pas les forcer.

Et à vos admirateurs ?

J.D : Je ne sais pas. Merci, je suppose.

Écririez-vous, même sans être lue par personne ?

J.D : Sans doute. Je ne suis pas non plus lue par des millions de personnes.

Une question me brûle les lèvres : pourquoi ce mystère autour de votre personne ?

J.D : J'ai toujours préféré la discrétion. Ce qui compte, c'est qu'on lise mes livres, non ? Le mystère, c'est vous – pas vous personnellement, vous et vos collègues, qui l'avez créé.

C'est intéressant.

J.D : Ne niez pas. Si je donne cette interview aujourd'hui, c'est pour qu'on me laisse tranquille. Je n'ai rien d'extraordinaire, je n'ai rien de spécial. J'écris des livres que vous trouvez étranges, mais ce sont juste des livres   qui

correspondent à ce que j'aime.

Donc le secret...

J.D : Quel secret ? Un livre est un livre.

Les vôtres font parler. On peut penser que c'est en partie à cause de l'obscurité qui les entoure.

J.D : Je pense simplement que les gens aiment bien les histoires inattendues, les escaliers interminables et les chanteuses[44].

---

[44] Dalila, « Entretien avec Jeanne Debreuil », in *L'Errance*, 1999, n°76.

La déception[45]

Le dernier rabbin prend un air supérieur, sourire aux lèvres :
« Vous avez entendu parler de ça ? C'est un mythe inventé par… Je ne suis même pas certain qu'il soit rabbin. Une source peu fiable en tout cas. Non, il n'y a pas d'autres fins. »

Jeanne Debreuil, Elle.

journaldememoire.doc

« L'auteur qui dégringole », Julienne Berade, *L'Errance*.

Il y a des livres qu'on finit parce qu'on les aime, il y en a qu'on finit parce qu'on les déteste. C'est du dernier cas dont je vais parler ici. Jeanne Debreuil, auteur presque inconnue, a sorti récemment un nouveau livre, *L'Homme qui dégringole*. Quel nom ! On ne peut être plus clair, et effectivement, elle nous narre l'histoire d'un homme qui descend peu à peu les marches de son immeuble. Comment tenir un roman entier ? C'est bien simple : il suffit d'appliquer une métaphore pseudo-religieuse à l'ensemble, et c'est dorénavant un livre sur une descente aux enfers, autant pour notre héros que

---

[45] Le récit

pour le lecteur. La seule victime, c'est la subtilité, mais on comprend vite que ce n'est pas ce qui préoccupe l'auteur.

Le problème, ce n'est pas le style, peu original mais pas désagréable, bien qu'assez oubliable. Le problème, ce n'est pas le thème, encore qu'on attendrait plus d'adresse dans l'exécution. Le problème, c'est le profond manque d'intérêt de ce livre. On le lit, et tout ce qu'il en ressort est une impression de vide et d'ennui.

Il y a des lueurs d'intelligence, certainement, et je ne doute pas que beaucoup adoreront cet ouvrage, mais je les précède en disant de suite : dis-moi ce que tu lis, je te dirais qui tu es. Qui peut aimer Jeanne Debreuil ? Ce n'est pas comme si nous la découvrions : nous savons déjà quoi attendre d'elle. Nous avons compris : elle aime les fins qui ne sont pas des fins, elle aime les phrases à double sens, elle aime les métaphores lourdes et la métatextualité (je les soupçonne d'ailleurs, elle et ses adorateurs, de plus aimer le mot « métatextualité » que sa définition.) Elle aime voir ses lecteurs se poser des questions, sans jamais y répondre. Mais après tout cela, que reste-t-il de Jeanne Debreuil ?

Je refuse de rentrer dans son jeu, et c'est bien pour cela qu'elle ne plaît qu'à une minorité de lecteurs, ceux qui veulent se croire intelligents parce qu'ils aiment du Jeanne Debreuil, parce qu'ils sont peu. Ils se reconnaissent entre eux ; c'en devient une religion. Tout ça pour un auteur parmi tant d'autres. Il y en a de plus intelligents, de mieux écrits, de plus intéressants. Mais dès qu'on comprend que ce qui attire chez Debreuil, c'est sa marginalité, on ne peut plus être dupe.

Proust disait « Les jolies femmes sont pour les hommes sans imagination » ; je laisse Debreuil aux lecteurs qui en ont trop[46].

Cela fait trois mois que j'ai cet article mais je n'avais jamais dépassé la première ligne. Quand tu aimes quelqu'un si profondément, quand tu admires quelqu'un, chaque critique qui lui est adressé est un coup de poignard, un jugement sur tes goûts.

---

[46] Julienne Berade, « L'auteur qui dégringole », in *L'Errance*, 1998, n°74.

Je ne sais pas si je l'ai déjà écrit dans ce journal mais j'aime les livres de Jeanne Debreuil. Ce n'était pas le cas au début ; je ne sais pas quand c'est arrivé. Je voulais l'étudier précisément parce que je n'adorais pas son travail ; j'avais peur qu'en travaillant sur un auteur que j'aimais, je finisse par le détester.

J'aime les livres de Jeanne Debreuil parce que je ne les comprends pas et j'aime ne pas comprendre, j'aime me prendre la tête, j'aime me torturer à lire des livres pour comprendre d'autres livres, jusqu'à trois heures du matin. J'aime lire, j'aime profondément lire mais je déteste aussi la littérature autant que je l'aime, parce que ce n'est pas assez, ce n'est jamais assez, il y a toujours un point final, une dernière phrase, un dernier mot. Il y a toujours une question derrière une réponse, une analyse dans un point-virgule et parfois, l'infini m'attire, parfois, il me donne le vertige et toujours, je me sens maudite. On n'arrive jamais au bout d'un livre mais le livre en lui-même n'a qu'un nombre limité de mots et je n'en peux plus de ressasser les mêmes mots en boucle pour essayer d'écrire des centaines d'autres pour mon mémoire.

Il n'y a jamais de fin chez Debreuil. Le point final n'est qu'une illusion typographique.

J'aime les livres de Jeanne Debreuil et j'ai trop d'imagination.

Évidemment que j'allais être déçue. Qu'est-ce que j'attendais ? Au fond, elle reste humaine, et je voulais qu'elle soit... autre chose. Cet entretien ne change rien des livres que j'ai aimés, rien du tout, et pourtant, j'ai du mal à relire *Elle*. Maintenant que je sais ce qu'elle pense, ce qu'elle dit, le peu qu'elle dit, le peu d'intérêt...

N'est-ce pas triste que ce qui me touche le plus dans cet article, c'est que Debreuil utilise « auteur » et non « autrice » ou même « auteure » ?

C'est ma faute, de l'avoir transformée en espèce de légende urbaine, de monstre littéraire. Ce n'est qu'un « auteur » qui aime se cacher, qui préfère qu'on respecte sa vie privée, qui écrit des livres un peu étranges, et voilà. Un livre, ce n'est rien de plus que des feuilles collées ensemble, des suites de lettre qui forment des mots et des étudiants en lettre qui font des nuits blanches dessus. Cette quête était perdue d'avance, qu'importe ce

que j'imaginais, j'aurais été déçue, j'en suis persuadée.
« Il n'y a pas de vérité », dit Sarah.

« Il n'y a pas de vérité sur pourquoi on s'est séparées », peut-être que si.

sarah.doc
Date : 5 mai 2016.

Ce jour-là, Sarah porte du noir, couleur inhabituelle chez elle, déjà un signe funeste, symbole du deuil. Je la regarde sans la voir, je suis

Nathalie la regarde sans la voir, sans écouter ce qu'elle lui dit : dès le début, les deux personnages ne se comprennent pas, ne s'écoutent pas. Qu'est-ce que dit Sarah ? La narration étant interne, nous n'avons que le point de vue de Nathalie, et malheureusement, elle ne s'en souvient pas et malheureusement, elle n'ose même pas écrire ses propres souvenirs à la première personne du singulier, donc il manque quelques détails.

A priori, tout va bien. Il y a deux chapitres, elles couchaient ensemble, la page juste avant celle-ci, elles discutaient de leurs livres préférés. Non, tout va bien, et certainement, si c'était Sarah notre narratrice, la rupture serait effectivement imprévisible mais voilà : pour Nathalie, ça ne va pas.

Un silence s'étend dans son cœur, pour la première fois depuis qu'elle connaît Sarah. Habituellement, le bavardage de Sarah, ses rires, ses cris de joie sont suffisants pour couvrir l'absence mais depuis quelques jours, le silence a grossi.

C'est le silence qu'il y a entre Nathalie et sa mère, qu'il y a dans chaque ombre de sa maison et aucune bougie n'y changera quelque chose. Nathalie connaît bien ce silence, elle sait pourquoi il est là. C'est le silence qui vient quand on n'ose plus parler.

Il y a quelques jours, Sarah a fait résonner le cœur de Nathalie et Nathalie a oublié le silence. Elles ont parlé de leurs livres préférés ou plutôt, elles ont parlé de qui elles étaient profondément. Pendant quelques merveilleux instants, il n'y a plus eu de doutes et Nathalie a cru qu'elle pourrait elle aussi mettre du bruit dans son cerveau et ne plus laisser ce terrible calme l'empêcher de dormir.

Elle a cru, quelques instants, que quelqu'un voulait l'écouter. Et c'était vrai, sans doute. Sarah voulait l'écouter et d'ailleurs, elle l'a écoutée. Mais le silence, ce sale virus, ne se laisse pas décourager au premier antibiotique. Quand il sent qu'il perd du terrain, il revient, plus fort encore, plus violent, plus envahissant.

La métaphore filée lui sert d'excuse pour ne pas parler de sa lâcheté.

Depuis quelques jours, Nathalie ne parle plus. Quand elle était au lycée, cela pouvait lui arriver pendant des semaines entières. Elle ne se dit pas : « J'ai trop parlé de moi », elle ne se dit pas « J'ai été vulnérable », elle ne se dit pas « Je ne vais plus jamais parler de ma vie », elle ne se dit pas « Ma mère m'a toujours fait comprendre qu'il valait mieux se taire et j'ai échoué ». Il n'y a que le silence dans sa tête, parasitant son cerveau et c'est le silence qui finit par dire (antithèse ?), interrompant Sarah :

« Je dois rentrer. »

Cela aurait pu s'arrêter là mais Sarah fronce les sourcils. Elle a dû remarquer que Nathalie ne parlait plus et elle s'inquiète :

« Qu'est-ce qui t'arrive ? Tu as l'air... »

Le silence n'épargne personne et Sarah ne finit pas sa phrase. Nathalie veut répondre, dire « je suis désolée », l'embrasser, n'importe quoi mais c'est le silence qui parle :

« Je préfère être seule en ce moment. »

Nous sommes en mai. Il fait beau. Et c'est avec le même présent de vérité générale qu'elle pense qu'il est impossible que Sarah et elle restent ensemble, qu'il est impossible que Nathalie soit avec quiconque, que c'est plus simple d'être seule et que sa mère a bien raison. Nathalie se lève. Elle prend son sac. Elle quitte l'appartement de Sarah. Des phrases courtes, sèches pour donner un effet de rapidité alors que dans la réalité, je me suis cognée contre la table en me levant et j'ai hésité trente secondes devant la porte de l'immeuble.

Sarah est silencieuse, physiquement silencieuse. Peut-être l'est-elle aussi à l'intérieur. Quelques heures plus tard, elle envoie des messages à Nathalie, demandant des

explications. Elle est d'abord en colère puis Nathalie ne répondant pas, elle s'inquiète. Elle la croise à la fac et elle s'avance vers elle mais Nathalie ou plutôt, les yeux silencieux de Nathalie, la décourage. Les messages se font rares, le dernier est envoyé la veille des vacances :
« Je t'aime. »

Le silence dévore ces mots. Le problème avec le silence, c'est qu'il est plus apaisant que les cris. Se taire, c'est plus simple que de poser des questions sur les cartons qui prennent la poussière dans le grenier, sur l'homme qui tient Nathalie, encore un bébé, dans ses bras. Le silence, c'est l'absence de conflits, l'absence de crimes, l'absence de coupables. Rien n'est dit, rien n'est fait. Tu ne dis rien et personne ne te juge. Tu cesses d'exister en réalité, tu disparais pour seulement observer, ne devenir que des yeux. Tu fuis et ne laisse que ton ombre.

Jeanne Debreuil, si tu savais. Je ne t'ai jamais autant comprise.

9 mars – Mail de Nicole Dumonier

Chère Nathalie,

Je vous envoie ce mail pour vous rappeler que notre entretien a lieu après-demain, à 16 heures.

Également, j'en profite pour vous envoyer un article qui vous intéressera certainement. Il concerne l'unique entretien de Debreuil – l'avez-vous trouvé d'ailleurs ? C'est une analyse de ses réponses. Mon article est paru, si je me souviens bien, dans le soixante-dix-septième numéro de *L'Errance*, le dernier d'ailleurs. Dalila avait souhaité arrêter là – peut-être que la revue ne se vendait pas assez bien, je n'étais pas très au courant des chiffres...

Cordialement,

Nicole Dumonier.

journaldememoire.doc

« La fausse déception chez Debreuil : analyse de son seul entretien », Mayim, *L'Errance*.

Debreuil joue évidemment sur la déception : son travail est là pour le prouver. La solution semble si peu réelle qu'on serait tenté, à la manière d'un Pierre Bayard, de proposer une autre fin, une fin cachée, une fin secrète. À la manière d'un Pierre Bayard qui, dans *Enquête sur*

Hamlet : Le Dialogue des sourds, propose une véritable réinterprétation de la pièce, nous pouvons en faire de même avec Debreuil. Après tout, si Shakespeare peut s'être trompé, pourquoi pas Jeanne Debreuil ? Nous savons que ces propos peuvent sembler polémiques aux yeux de certains : beaucoup s'y opposeront certainement. Et en effet, il est étrange de penser que Shakespeare, en présentant Claudius comme l'assassin du père de Hamlet puisse se fourvoyer ou au mieux, nous cacher volontairement la vérité, comme il semble saugrenu de s'imaginer que Jeanne Debreuil connaît moins bien ses livres que ses lecteurs. Mais de la même manière que Bayard repousse tout débat sur qui a raison entre deux universitaires sur l'identité du meurtrier, nous leur répondrons que « c'est une question dépourvue de sens, parce qu'elle implique de poser comme une évidence une similitude entre les textes dont ils parlent[47] ».

Qu'entend-il par-là ? Une réponse évidente serait qu'entre les nombreuses éditions de Shakespeare, il est fort possible effectivement que deux critiques ne se

---

[47] Pierre Bayard, *Enquête sur Hamlet : Le dialogue de sourds*, Les Editions de Minuit, 2002.

retrouvent pas toujours en face du même *Hamlet*. Mais Bayard repousse cette explication un peu facile et déclare que même en étant en face de la même édition du texte shakespearien, deux lecteurs n'auront jamais le même en face des yeux. Chaque lecteur apporte sa pensée, sa façon à lui de compléter le texte, de l'interpréter, on pourrait même dire de « ressentir » le texte. Il existe un *Hamlet* pour chaque lecteur car chaque lecteur lit le livre différemment : ce qui semble être une évidence amène à un grand nombre de malentendus sur les différentes interprétations qu'on peut avoir du même ouvrage.

Ainsi, rien de surprenant à voir les plus grands opposants à Debreuil se moquer de son entretien, et ses plus grands admirateurs la défendre. Je réfute l'idée que cet entretien ait été « déceptif ». Ou plutôt, oui, il est déceptif, dans la mesure où c'est l'effet que cherchait Debreuil en le donnant. La déception était clairement son objectif. Cependant, devons-nous tomber dans le piège ?

Il n'y a qu'une référence littéraire dans cet entretien, compréhensible car comme elle le dit : « Je n'ai pas fait d'études littéraires », mais cette référence est révélatrice : celle d'Henry James, et de sa fameuse nouvelle. Peu étonnant : c'est une référence à laquelle beaucoup d'entre nous avons souvent pensé en travaillant sur Debreuil. Le secret, le motif dans le tapis ! Dans cette nouvelle, Henry James pousse cette recherche littéraire jusqu'à l'obsession, ciment d'un couple, un secret maudit pour le narrateur, qui lui échappe constamment. Faisons un aparté sur cette nouvelle, une clef pour mieux comprendre ce qu'a voulu nous dire Debreuil.

Le narrateur doit écrire sur le dernier livre de Vereker, à la demande d'un ami à lui, par ailleurs beaucoup plus passionné par le travail de cet auteur célèbre. Le narrateur s'exécute, et il est relativement fier de son article, mais il apprend plus tard lors d'une soirée où il croise l'écrivain, que selon ce dernier, comme tous les autres, il ne voit pas, il passe à côté de l'œuvre – comme tout le monde depuis le début de sa carrière. S'en suit entre l'écrivain, par ailleurs très aimable, et le critique une conversation révélatrice. Vereker lui apprend que tout ce qu'il a écrit, toute sa vie, a été guidé par un petit secret, un « trésor caché », une astuce, ce pour quoi il écrit, et qui est visiblement présent dans tous ses livres. Fait intéressant, il dit que ses admirateurs comme ceux qui le détestent se trompent tout autant ; ainsi que Debreuil fait tout autant preuve d'apathie envers les debreuillistes et ses critiques. Ce n'est pas la seule comparaison que nous allons faire.

Ce secret, il est dans tous ses livres, et peut-être un jour, théorise-t-il, on dressera un inventaire de ses livres, et le tout constituera une représentation de ce secret. C'est, dit-il, ce que les critiques doivent chercher, et doivent trouver. Dit ainsi, on pourrait même croire que ce secret n'intéresse que les critiques, et d'ailleurs à aucun moment l'écrivain ou le journaliste ne mentionnent les lecteurs lambda. Ce secret ne les concerne pas : cela nous rappelle évidemment ceux qui appellent Debreuil un auteur pour colloques, mais pas pour le grand public – critique qu'on retrouve adressée à Borges, un écrivain pour écrivains.

Le journaliste proteste : l'auteur devrait leur donner un indice. Mais Vereker lui répond que tous ses livres sont des indices ; que cette recherche, que cette « initiation » que le narrateur réclame, c'est cela la critique littéraire. Mais, paradoxe incroyable, c'est précisément cette recherche qui rend impossible la découverte. Vereker respecte immensément les critiques, parmi lesquels le narrateur, intelligents, cultivés... Le secret, qui est selon lui, incroyablement évident, est devenu un secret parce que les critiques ne l'ont jamais trouvé. Les critiques ont fait le secret – citons rapidement Debreuil : « Le mystère, c'est vous – pas vous personnellement, vous et vos collègues, qui l'avez créé. »

Il y a deux différences entre Vereker et Debreuil. Le premier est aimable, ravi de discuter, de se confier, tandis que Debreuil apparaît maussade, peu encline à répondre aux questions. La deuxième différence, c'est que Debreuil nie la possibilité même d'un secret, alors que ses ouvrages sont beaucoup plus mystérieux que ceux de Vereker. On peut par ailleurs se demander si Vereker n'a pas inventé ce secret, pour mieux se moquer de son interlocuteur, si le secret n'est pas simplement le fait d'avoir un secret, si ce n'est qu'une mystification.

Si Vereker est au début enthousiaste, il finit par s'ennuyer : Debreuil n'a pas attendu la fin de l'entretien.

Sa lassitude pourrait se résumer en cette phrase de Vereker, à qui le narrateur reproche de ne pas pouvoir résumer en quelques mots son secret :

« Ce que je suis incapable de faire ? » Il ouvrit grand les yeux. « Ne l'ai-je pas fait dans vingt volumes ? Je le fais à ma manière, continua-t-il. Vous, vous ne réussissez pas à le faire à la vôtre[48]. »

Debreuil est un Vereker épuisé, niant le secret même, précisément pour que nous puissions mieux le trouver, précisément pour titiller les critiques. L'entretien est un indice en lui-même. Quel message en tirer ? Debreuil ne sera pas celle qui éclaircira ses livres – c'est à nous de faire notre travail, et elle est moins aimable que Vereker en nous le rappelant. En rejouant « Le Motif dans le tapis », le message est on ne peut clair : laissons Jeanne Debreuil tranquille, et plongeons-nous avec encore plus d'enthousiasme dans ses livres !

---

[48] Henry James, Pierre Fontaney (trad), « Le Motif dans le tapis », *Nouvelles complètes*, tome III, Gallimard, coll. « Bibliothèque de la Pléiade », 2011.

J'aurai bientôt l'occasion, lors d'un colloque, d'exposer selon moi, le « motif dans le tapis » de Debreuil, et lors de ce colloque uniquement : ce motif dans le tapis, c'est la recherche elle-même. À partir de ce moment, tels les personnages de la nouvelle de James, je me tairai : que pourrais-je dire de plus[49] ?

L'entretien avec Dumonier commença cinq minutes en retard. Elle s'excusa :

« Une bêtise administrative à régler... On devrait avoir des journées de quarante heures ! »

J'avais lu trente fois son mail, essayant d'y déceler une indication, une clef, n'importe quoi me prouvant qu'elle était Jeanne Debreuil ou qu'elle ne l'était pas. Je la regardai mais je ne pus rapprocher sa main de celle du colloque. Sa voix, évidemment sa voix, comment avais-je pu ne pas l'entendre ? Sans doute parce que je n'imaginais pas Mayim parler d'autres choses que de Debreuil, alors que Dumonier me disait que « le temps est vraiment agréable en cette saison ! »

---

[49] Mayim, « La fausse déception chez Debreuil : analyse de son seul entretien », in *L'Errance*, 1999, n°77.

Après ce bavardage initial, elle me regarda à son tour et je me demandai ce qu'elle vit. Cela faisait une semaine que je ne m'étais pas vue dans un miroir.

Je ne cherchai pas ma réflexion dans ses yeux ; je m'imaginai comme un trou noir, captant la lumière de son bureau.

Je cherchai Debreuil dans ses pupilles. Dumonier se contenta de sourire :

« Alors, on en est où ? »

Qu'est-ce que tu peux répondre à ça ?

« Je ne sais pas si je vais réussir à finir. »

Elle hocha la tête, apparemment peu surprise, ce qui m'aurait vexée il y a trois semaines :

« C'est un sujet ambitieux. Vous savez que vous pouvez rendre en septembre ? Nous ne sommes qu'en mars, c'est loin d'être fini après tout. Qu'est-ce qui vous manque encore ?

- Tout. Je n'ai… »

Pas de plan fixe. Des bribes de sous-parties sans liens entre elles. Une introduction et une conclusion, enfin des introductions, celle que j'ai envoyée à Dumonier en septembre, les trois autres variantes de cette même intro et celle que j'ai piquée à Sarah à son anniversaire et que j'ai envoyée avec mon nom dessus. Mais je ne peux pas lui dire ça. Je suis vidée, je suis anéantie, je suis tous les synonymes possibles de la désintégration mentale mais je ne suis pas folle. Alors je dis :

« Je n'ai qu'une conclusion et beaucoup de bouts de parties, de sous-parties, mais pas de plan. »

Dumonier haussa les épaules, je baissai les yeux sur ses papiers (Un brouillon *d'Elle* ? Des notes sur *Au cœur de la nuit* ? Quelque chose n'importe quoi) et elle essaya de me rassurer :

« Au moins vous avez une fin. Vous savez quand vous allez vous arrêter, c'est déjà quelque chose.

- Mais… »

Je voulais qu'elle me dise que c'était fini, qu'elle me force à quitter la fac, à redoubler, qu'elle m'engueule.

Est-ce que Debreuil aurait dit « Au moins vous avez une fin » ? Un indice sur sa véritable identité ? Voulait-elle que j'abandonne, que personne ne l'étudie ? Je me justifiai faiblement :

« Je ne sais pas si… Je ne suis pas sûre de réussir. Je ne suis pas sûre de vouloir réussir. »

Son regard devint grave :

« Alors ça, c'est un problème. La réussite de votre mémoire ne dépend que de vous et de votre volonté à terminer. Vous êtes particulièrement fatiguée en ce moment ? Des problèmes personnels ? »

Le terme de « problèmes personnels » employé à ma situation était une absurdité mais quels autres mots utiliser ? Bien entendu que c'était un problème personnel. C'était bien trop personnel. Trop personnel pour en parler avec elle :

« Je ne... sais pas où aller. Debreuil m'échappe. Et les gens qui l'étudient aussi. Vous êtes... »

Elle me regardait, attentive. Bienveillante. J'aurais voulu qu'elle appuie sur un bouton et qu'elle m'introduise à une salle cachée sous la fac, pour me faire rentrer dans le cercle des adorateurs debreuillistes. J'aurais voulu qu'elle ouvre un placard et que le cadavre de Jeanne Debreuil tombe sur son bureau. J'aurais voulu qu'elle enlève la peau de son visage pour révéler qu'elle n'était faite que de mots, d'encre et de papier. J'aurais voulu une justification quelconque, de tout... de tout.

« Vous êtes Mayim, c'est ça ? »

Les yeux de Nicole Dumonier s'illuminèrent :

« Oui, tout à fait ! Vous ne le saviez pas ?

- Non, je…

- Je n'utilise plus ce pseudonyme aujourd'hui et c'est vrai que j'oublie parfois de le préciser… Normalement, mes articles écrits sous le nom de Mayim sont dans la catégorie "Du même auteur" dans mes livres. »

Et fièrement, avec une joie quasi enfantine, elle sortit un ouvrage qui porte le nom de Nicole Dumonier, et effectivement, ses autres articles, ceux sur lesquels je m'étais pris la tête, s'affichèrent sous le même nom :

« Je pensais que vous le saviez ! Mais ça fait tellement longtemps… C'était vraiment une courte période de ma carrière universitaire, honnêtement. Vous vous demandiez comment me citer dans votre livre ? Mettez le nom sous lequel ils ont été publiés, ce sera plus simple. Ne me dites pas que c'est ça qui vous bloque ?

- C'est… Ce sont les pseudonymes en général. Et Debreuil. Cet entretien, ce fameux entretien.

- Vous le cherchiez, je crois ? Alors ?

- Je l'ai trouvé. Il est… »

Quel adjectif pour désigner quelque chose de si parfaitement inutile, un anti-Graal ?

« Il ne m'a pas aidée. Est-ce que vous savez comment contacter Dalila ?

-   Ah ! C'est intéressant que vous me posiez la question car justement, j'ai eu de ses nouvelles. Elle est venue, par surprise, au colloque que j'ai fait sur *L'Errance*. Une agréable rencontre vraiment. Nous n'étions pas "amies" mais... »

Ses yeux se posèrent sur ma droite, sur une Dalila imaginaire, qu'elle contempla avec affection :

« ... Nous avions eu, à l'époque de *L'Errance*, de nombreux débats d'une qualité... C'est quelqu'un de brillant, qui aurait pu faire plus. Je ne suis pas certaine de ce qu'elle fait aujourd'hui d'ailleurs. C'est drôle, nous avons parlé deux heures dans un café après, et nous n'avons pas parlé de sa vie.

-   Vous avez parlé de quoi ? »

Dalila était si présente que je l'entendis presque soupirer à la réponse de Dumonier :

« De mon intervention. Vous savez, quand je dis que *L'Errance* était un lieu d'expérimentation littéraire ? Elle n'était pas d'accord. Pour elle, *L'Errance* était une expérimentation littéraire en elle-même : selon elle, la qualifier de simple "revue" n'était pas suffisant. Je pensais qu'elle était simplement amère de la fin de son projet mais non : elle en parlait de manière tout à fait... théorique, très distanciée. Une femme vraiment brillante, très passionnée. J'espère qu'elle écrit encore, je lui demanderai la prochaine fois.

- Vous avez son numéro ?

- Son adresse seulement et justement : je lui ai dit que j'avais des élèves qui travaillaient sur Jeanne Debreuil et elle m'a dit qu'elle serait ravie d'en discuter avec Sarah et vous ! Je connais bien Debreuil mais Dalila peut vous citer ses ouvrages par cœur ; du moins, elle le pouvait. Nous n'avons pas tant parlé de Debreuil quand j'y pense... N'hésitez pas à lui écrire une lettre en tout cas, elle y répondra sûrement. Peut-être qu'elle vous donnera la motivation pour continuer ! À ce propos... »

Dalila partit au moment où Dumonier sortit d'une pochette une feuille avec le logo de la fac en-tête et beaucoup de cases à remplir :

« Alors, septembre ? Il faut que je fasse les papiers pour prévoir votre soutenance.

- Je vais réfléchir. J'ai une dernière question : qui a tué la tante dans *La Petite fugue* ? »

Son sourire grandit ; apparemment, c'était la bonne question à poser, du moins la bonne pour réveiller Mayim :

« Vous voilà plus dans l'analyse ! Vous allez le finir ce mémoire, je le sens. Eh bien, c'est Debreuil elle-même, n'est-ce pas ? C'est elle qui décrit son cadavre, la fait disparaître de l'histoire. Dalila me suggérait cependant que c'était peut-être nous les coupables : les lecteurs. Après tout, en tournant les pages, nous hâtons sa mort. Qu'est-ce qui nous empêcherait de rester dans le premier chapitre, où tout se passe si bien ? La tante elle-même le dit, je ne sais plus exactement la phrase, c'est quelque chose comme "Restez ! Pourquoi partir quand on est si bien" c'est dans cet esprit-là.

- Pardon, je n'ai pas été claire. Concrètement…

- Concrètement ne veut pas dire grand-chose ici…
- Mais qui est… Je n'ai pas lu le livre, je n'ai pas réussi à le trouver. Qui… au sein de l'histoire, a tué la tante, quel personnage ?
- Vous voulez dire, dans une lecture au premier degré ? Ce n'est pas la plus intéressante. Vous n'avez pas réussi à trouver le livre ? Vous auriez pu me demander, je dois l'avoir… quelque part.
- Dites-moi juste, s'il vous plaît, qui a tué la tante.
- Amélie. C'est dit dès la première phrase du livre, un incipit assez efficace, je dois dire, je crois que je l'ai en tête, attendez : "J'ai tué ma tante. Mais ce n'est pas ma faute." On est proche de Camus !
- Mais pourquoi…
- Vous n'avez pas lu mes analyses ? Ou celles de Dalila ? Amélie veut s'enfuir de la narration, Amélie ne supporte plus d'être un personnage. Ce n'est pas explicitement dit bien entendu mais… La dernière phrase laisse peu de place au doute : "Pourtant, je suis toujours là. Et je ne pourrai jamais partir." Une fin frustrante, un anti-roman policier ! Du Debreuil tout craché, si vous

me permettez l'expression. Je vous ramène le livre demain ?

- Ce n'est pas la peine. »

Non, vraiment, ce n'était pas la peine.

12 mars - Mail à la mère

Coucou maman,

Je t'envoie juste ce mail pour te prévenir que j'hésite à abandonner mon mémoire et peut-être même la fac.

Bonne semaine,

Nathalie

16 mars – mail du Rabbin

Chère Nathalie,

Bien entendu, un rendez-vous pour discuter de tout cela est possible. Cependant, je ne suis pas disponible avant le 10 avril. Pessah approche et c'est une période assez mouvementée !

Cordialement,

Rabbi Eli Bergman

Lettre

Chère Dalila/ Dalila / Madame Dalila…

18 mars – Mail de Nicole Dumonier

Chère Nathalie,

Je reviens vers vous pour vous demander où vous en êtes : je suis navrée de vous presser mais, plus tôt vous saurez, plus ce sera simple pour s'organiser.

Avez-vous envoyé votre lettre à Dalila ?

Cordialement,

Nicole Dumonier

25 mars – mail à la mère

Maman,

Je sais que tu as vu mon mail parce que je sais que tu regardes tes mails tous les soirs.

Tu veux peut-être que je développe : j'envisage d'arrêter mes études parce que je me suis rendu compte que je faisais de la littérature comme si j'avais une équation devant moi, comme si finir mon mémoire allait m'aider à comprendre comment le monde fonctionnait.

J'étudie des livres comme si ça allait m'apporter une solution et peut-être que ça m'en a apporté une, mais pas celle que j'attendais. La solution c'est qu'il n'y a pas de solution, thèse, antithèse, synthèse, la réponse était dans la méthodologie que tu m'as expliquée.

Je voulais aussi te dire que j'ai pris un rendez-vous avec un rabbin.

Bonne semaine,

Nathalie

Lettre

Je ne sais même pas pourquoi je vous écris. J'avais envie de vous demander si Nicole Dumonier, ou Mayim, comme vous préférez, est l'identité secrète de Jeanne Debreuil, mais ça me semble ridicule maintenant.

31 mars – mail de Sarah (après cinq appels et six textos)

Nathalie,

Cela fait deux semaines que tu ne viens plus à la fac, qu'est-ce qui t'arrive ? Tu es malade ? Tu as besoin que je fasse les courses ?

Est-ce que c'est bizarre si je sonne chez toi à l'improviste ?

Rappelle-moi ou réponds à ce mail.

Et bon Pessah, accessoirement,

Sarah

Lettre

Je me fiche de savoir qui est Jeanne Debreuil. C'est peut-être Dumonier, c'est peut-être vous, c'est peut-être la femme que j'ai bousculée en faisant mes courses hier. Je ne pense pas que vous puissiez m'aider. Je ne suis pas sûre d'avoir besoin d'être aidée.

3 avril – mail de Nicole Dumonier

Chère Nathalie,

Je comprends vos doutes et vos hésitations. Mettons-nous d'accord : au retour des vacances de printemps, tout début mai, vous me donnez votre réponse. Cela vous conviendrait-il ?

Cordialement,

Nicole Dumonier

6 avril – mail à la mère

Je vais voir un rabbin parce que j'ai décidé de croire en quelque chose et disons que ce sera Dieu. Ou peut-être que j'ai toujours cru mais que je n'avais pas le bon nom en tête. Peut-être que Dieu se fout de ma gueule en se disant que j'en ai mis du temps, mais on ne peut pas dire que j'ai été aidée.

J'en ai assez d'attendre une réponse qui ne viendra pas, une solution tombée du ciel. Ton amour est plus immatériel que ma croyance, plus intangible que l'absence de papa.

Tu crois au passé et c'est tentant de faire comme toi, mais je suis obligée de croire au présent si je veux continuer à vivre, si je veux continuer à lire des livres. Peut-être que je vais abandonner mon mémoire. Et peut-être que je vais abandonner la fac ou peut-être que je vais faire autre chose ou peut-être que je vais faire une année sabbatique qui va s'éterniser pendant dix ans. J'ai décidé de croire aux « peut-être » et de vivre ma vie au conditionnel. J'ai décidé de croire pour arrêter d'être certaine. Peut-être que je vais me convertir, peut-être que je vais finir mon mémoire, peut-être que je vais faire des études d'astrophysique et que je vais grimper dans une fusée dans dix ans.

Je vais faire tout ça et tu ne m'auras pas dit un mot.

Lettre

Tout ce que je vous demande, c'est de me parler de Jeanne Debreuil, l'autrice, l'auteure, comme vous voulez, de me parler de vous et Jeanne Debreuil.

journaldememoire.doc

« Vous voulez vous convertir au judaïsme ?

- Je ne sais pas. Ça part mal, non ? »

Le rabbin eut une esquisse de sourire :

« Non, je ne dirais pas ça. Il faut bien commencer quelque part. Vous avez déjà pratiqué, fait des fêtes… ?

- J'ai allumé beaucoup de bougies, mais sans prières, est-ce que ça compte ?

- Est-ce que ça comptait pour vous ?

- Je crois. Mais est-ce que ça compte si on ne sait pas pourquoi ça compte ? Je suis désolée, j'ai plus de questions que de réponses…

- Pourquoi s'excuser ? Les questions sont plus intéressantes que les réponses. Vous faites de la littérature, c'est ce que vous m'avez dit ? Justement, il y a une fête bientôt qui pose beaucoup de questions sur des livres, enfin, la Torah surtout. Venir à une fête, à des offices le vendredi soir, le samedi matin, c'est une façon de se rendre compte, c'est plus...
- Concret ?
- Réel. C'est nécessaire de se questionner, de douter, de réfléchir mais il faut aussi agir. La prochaine fête, c'est Chavouot, vous connaissez peut-être ?
- Chavouot fête le don de la Torah et c'est une nuit d'études. Pardon, j'ai répondu un peu vite, c'est la fête préférée de quelqu'un que je connais et...
- Eh bien, tant mieux. Ramenez cette personne, elle vous guidera. Et en attendant, venez à des offices. »

20 avril – mail à Sarah
Pièce jointe : sarah.doc

Chère Sarah,

J'ai écrit ça sur toi, sur moi.

Je t'aime, évidemment. Je suis désolée de l'écrire plutôt que de te le dire.

Bonnes vacances,

~~Nathalie Agnese~~

Athalie

20 avril – mail à Nicole Dumonier (brouillon)

Mme Dumonier,

J'ai décidé de poursuivre mon mémoire. Je passerai ma soutenance en septembre.

Je vous remercie infiniment pour votre patience et votre compréhension.

Cordialement,

Nathalie Agnese.

journaldememoire.doc

Ma mère ne me répondit pas. Je ne rentrai pas dans l'Eure pendant les vacances. J'envoyai ma lettre à Dalila début mai et deux semaines après, deux semaines de doutes, de culpabilité, d'excuses formulées de mille manières dans ma tête, j'appelai Sarah :

« J'ai volé ton intro, qui était dans ta chambre, à ta fête d'anniversaire. »

Elle dit :

« Je m'en doutais. »

Je lui dis :

« Je suis désolée. Pour tout. Et pour le document que je t'ai envoyé. »

Elle répondit :

« Je m'en fous de l'intro. Et ce "document" comme tu dis est la plus belle chose qu'on m'a jamais écrite. »

Je lui proposai d'aller à l'office de Chavouot ensemble. Elle accepta.

J'aurais voulu l'embrasser le lendemain matin, après une longue nuit d'études, des larmes coulées, des explications, d'autres excuses, beaucoup de choses, mais la vérité, c'est que je l'embrassai devant la sortie de métro, trente secondes après son arrivée. Elle me tendait déjà ses lèvres, déjà ses bras.

J'aurais voulu dire « je t'aime » à six heures du matin, épuisée mais heureuse, encore les yeux rouges d'avoir tant pleuré mais la vérité, c'est que je lui dis dix secondes après l'avoir embrassée et que je bafouillai.

Elle me le dit en retour et elle rajouta :

« Ce n'est pas fini. Tu me dois mille réponses.

- Tu as compté ?

- Une réponse pour une seconde sans toi.

- Ça ne fait pas mille. Ça fait bien plus que mille.

- Si je savais compter, je ne serais pas en littérature. »

Ce n'était ni le lieu, ni le moment pour parler. Il fallait juste écouter des prières dans une langue que je ne connaissais pas, se taire, ne pas comprendre pour une fois. Submergée par mon ignorance et mon désir de savoir, emplie d'une curiosité nouvelle, j'avais de nouveaux yeux.

Ce n'était pas fini, ce n'est jamais fini. Mon sac était encore lourd d'un livre de Debreuil, de carnets remplis de notes, d'ouvrages théoriques et Sarah me demanda, au petit matin, ce que j'allais faire :

« Tu vas finir ton mémoire ? »

Nous étions assises dans un parc, un paquet de gâteaux entre nous. Le soleil était levé depuis une demi-heure mais la ville semblait encore faire la grasse matinée.

Sarah aurait pu me demander de parler de mon père, de parler de ma mère, de parler du silence, de parler de moi mais finalement, c'était la meilleure question pour commencer :

« Je ne sais pas. J'ai dans mes brouillons un mail où je lui dis que je vais finir mais... Dumonier a raison, techniquement je pourrais, en faisant un effort, rendre quelque chose en septembre, même moins bien que ce que j'aurais voulu... Et ça me permettrait de valider mon M2. Mais...

- Mais pour quoi faire ?
- Tu en es où ?
- J'ai du mal avec l'intro. »

Et elle s'empressa de rajouter, devant mes yeux ronds :

« Le reste est fini ! Mais j'ai du mal avec l'intro.

- Tu en avais deux...
- Mais quand j'ai écrit ma conclusion, je me suis rendu compte que mon intro ne correspondait plus. Tu fais une problématique, un titre, tu

annonces des choses et à la fin... Mais bon, je devrais m'en tirer.

- Et après ?
- Et après... L'agreg ? Un doctorat ? J'aimerais bien. Dumonier me disait qu'une thèse sur les revues littéraires et *L'Errance* en particulier pourrait être intéressante et une bonne continuation de mon mémoire. D'ailleurs, si Dalila te répond, renvoie-la vers moi après.
- Tu veux vraiment faire une carrière universitaire ?
- Pourquoi pas ? Et toi ?
- Je ne sais vraiment pas. Vraiment, vraiment pas. J'ai passé ma vie à savoir. Au collège, j'aimais le français parce que ma mère était prof de français et que c'était facile d'avoir de bonnes notes. Au lycée, je faisais de la littérature parce que j'étais bonne en littérature, à la fac, j'ai continué la littérature parce que je ne savais faire que de la littérature. Et là, je suis en train de me dire qu'être bonne en littérature, ce n'est pas un métier.

- Prof de français ?
- Vraiment ?
- Non. Tu les traumatiserais. Bibliothécaire ? Documentaliste ? Un truc avec les livres. Journalistes ? Tu aimes fouiller. Écrivaine ?
- Écrivaine ?
- Tu écris bien.
- Tu es amoureuse.
- Je suis amoureuse. Mais tu écris bien. »

J'avais envie de dormir mais je ne pouvais pas dormir, pas maintenant. On pourrait en parler plus tard, évidemment, mais il fallait en parler maintenant :

« Si j'écris, ce qui me fait du bien deviendra mon travail. C'est pour ça que je suis coincée à la fac.

- J'aime lire et étudier des livres. J'ai envie que ce soit mon travail. Ce n'est pas si compliqué. Tu peux… boucler vite fait ton mémoire, même si ce n'est pas parfait pour valider ton master et après, je ne sais pas, tu trouves un boulot alimentaire, ou tu fais des cours de soutien en français, des remplacements, n'importe quoi, et tu écris, tu écris, tu vois ce que ça donne.

- Ou alors…

- Ou alors… Tu finis ton mémoire proprement, tu te lances dans une thèse, sur Barbara peut-être ? Ce que tu veux, tu embrasses une belle carrière universitaire, tu écris de la théorie, tu écris des articles, et tu lis pour le plaisir.

- Ou alors…

- Ou alors, ou alors… Passe-moi un gâteau. Ou alors tu te convertis au judaïsme, tu deviens rabbin et tu écris des livres très sérieux de théologie, et tu fais des colloques sur l'humour juif, la littérature juive, les saphiques juives et tu m'invites, on sera cinq mais on passera un super moment. Ou alors tu changes de nom, et tu te fais appeler Jeanne Debreuil et tu prétends que c'était toi depuis le début et si on te dit que ce n'est pas possible niveau âge, tu dis que tu as inventé une machine à remonter dans le temps. Ou alors… »

Je me suis endormie sur le septième « ou alors », sur un éclat de rire.

Après une sieste chez elle jusqu'à midi, je rentrai.

Une lettre m'attendait.

320

Une autre lettre

Chère collègue – ne niez pas,

Vous cherchiez des réponses, et je n'en ai pas plus que vous. Mais je vais tout vous raconter ; c'est le moins que je puisse faire.

J'ai cru en Barthes, à un certain moment de ma vie, mais Jeanne Debreuil m'a détournée de lui, et si désormais je crois peu à la mort de l'auteur, je crois encore moins aujourd'hui à la mort du chercheur. J'existe. Je ne peux plus me cacher derrière ce « nous » flou et qui insulte mon individualité. C'est moi, et pas nous, qui vais vous raconter comment j'ai rencontré Jeanne Debreuil, et à quel point mes recherches ont été si partiales, et si peu objectives. Cela a commencé par une critique littéraire.

« L'auteur qui dégringole », c'était le nom de l'article assassin publié dans *L'Errance*. Ma revue. Vous l'avez sans doute vu. Nous ne connaissions pas son auteure, mais nous avions l'habitude d'accueillir dans notre revue des articles des lecteurs, envoyés par la poste. Le manque d'organisation de *L'Errance* fit qu'il fut ajouté dans le soixante-quinzième numéro et que je m'en rendis compte le lendemain, moi, la rédactrice en chef ! On avait « oublié » de me demander mon avis ou quelqu'un avait trouvé drôle de mettre un tel tissu d'âneries dans MA revue et en plus, sans pseudonyme ! C'était un titre facile, pour un article qui l'était tout autant, et cela m'avait agacée, mais je ne pense pas qu'elle s'en préoccupait. Comment aurais-je pu le savoir de toute façon ? Encore aujourd'hui, je ne sais même pas à quoi elle ressemblait, quelle expression avait bien pu prendre son visage quand elle avait vu ces mots moqueurs, parodiant le si joli titre de son si beau livre, si tant est qu'elle ait même lu *L'Errance*. Elle avait peut-être souri, amusée, attendrie même. « Qu'ils essayent », s'était-elle peut-être dit, « qu'ils essayent seulement de m'atteindre ». Le talent était son armure, cela, j'en suis sûre. Le talent, et son mystère.

Fait-on des critiques sur des ouvrages anonymes ? Assassiner dans la presse un auteur, c'est l'humaniser, c'est le rendre réel. C'est supposer l'existence d'une main tenant un présumé stylo, griffonnant une possible feuille. C'est bien pour cela que les chrétiens ont inventé

Jésus ; Dieu était un créateur trop intangible. Mais s'il est facile de blâmer un être humain d'avoir écrit un terrible livre, il est inimaginable de penser qu'un chef-d'œuvre soit le fait d'un simple mortel. Les mauvais livres transpirent du poids de leur auteur, de leurs tics, de leurs manies, de leurs clichés, les bons l'éclipsent. J'avais détesté cette critique ironique parce qu'elle m'avait forcée à donner un corps à Jeanne Debreuil.

L'Homme qui dégringole par Jeanne Debreuil ne gagna aucun prix. Mis à part cette critique, on ne s'intéressa pas à cet ouvrage. Comme tous les livres de Debreuil, on l'ignora pour se prosterner devant quelques veaux d'or, des idoles que le livre de Debreuil aurait pu briser en mille morceaux si elle l'avait voulu. Et moi, j'étais verte de rage, agacée par un article que tout le monde oublia la semaine suivante.

Mon problème, c'est qu'il n'y avait que moi pour la défendre. Il n'y avait que moi pour écrire un article dithyrambique en réponse à Julienne Berade, pour vanter la délicatesse du désespoir peint dans ces pages, ses pages à elle, dans le portrait de cet homme qui, à chaque chapitre, osait descendre un étage supplémentaire dans

323

un immeuble infernal. À chaque palier, un souvenir l'assaillait, joyeux, malheureux, les deux à la fois, ou un rêve délirant. Le lecteur, comprenant sans que l'auteur ne nous le dise, enfin, je l'avais compris en tout cas, que l'homme se dirigeait tout droit vers l'Enfer, alternait entre la pitié, l'inquiétude et l'horreur. Le style ne manquait pas d'humour pourtant, et le rire qui nous saisissait, qui me saisissait devrais-je dire, quand, à la dernière page, l'homme finissait par manquer la marche et s'écraser sur le sol, était tout aussi coupable que libérateur. Et quelle joie de le voir enfin sortir.

Mais qu'importe ce blabla journalistique, qui à l'époque n'avait convaincu personne, excepté quelques autres passionnés. Tout ce que je voulais, c'était rencontrer l'auteure de ce chef-d'œuvre. J'aurais été écœurée par cette idée il y a quelques semaines ; mais maintenant que moi j'étais tombée à pieds joints dans le piège de la critique, maintenant que moi aussi je croyais qu'elle vivait, respirait, mangeait, existait, je ne pensais qu'à la forme de ses mains quand elle écrivait les mésaventures de son personnage principal, si elle souriait comme j'avais ri en finissant son livre. Barthes aurait été déçu ; moi qui ne jurais que par la mort de l'auteur, je ne souhaitais désormais qu'entendre battre le cœur de Jeanne Debreuil. Et quelle réponse cela aurait été à Julienne Berade : je voulais entendre Debreuil se défendre.

Alors, pour le prochain numéro de *L'Errance*, je me mis en quête de trouver Jeanne Debreuil. J'allai jusqu'à sa maison d'édition, inscrite sur la dernière page du livre, en tout petit. L'adresse n'existait plus, la rue avait été renommée ; la maison d'édition était un appartement au cinquième étage, où travaillaient cinq personnes. Son éditeur ne l'avait jamais vue ; Jeanne Debreuil se contentait d'envoyer ses manuscrits par la poste, accompagnés d'une lettre, brève et sèche. Ses colis étaient envoyés d'un bureau de poste, jamais le même. Quand je demandai à l'éditeur pourquoi il continuait à la publier malgré le relatif insuccès de ses ouvrages, il haussa les épaules. Il y a des choses qu'on ne questionne pas. Il y a des choses qu'on ne demande pas. L'éditeur accepta de me donner les lettres de Debreuil, un sourire en coin ; peut-être qu'il avait lui-même déjà essayé de retrouver son mystérieux auteur, en vain, et qu'il se prévoyait le futur échec de ma quête. Peut-être qu'il se moquait de moi et qu'il savait parfaitement où était Debreuil, quel était son nom et son adresse et le petit discours qu'il m'avait sorti n'était qu'une fausse piste pour tromper les curieux. Avec le recul, cette deuxième hypothèse me semble plus probable.

Le contenu des lettres de Debreuil ne m'apporta rien, elles se ressemblaient toutes : « Cher éditeur, voici mon nouvel ouvrage etc.», mais dans ces phrases glacées, tapées à l'ordinateur, elle insérait toujours une perle de vie, sa signature : le J de son prénom était très grand, et sa boucle ressemblait à une clef de sol. Son nom de famille, Debreuil, était par contre presque illisible – il fallait vraiment savoir que c'était son nom pour pouvoir le reconnaître, une particularité que j'ai fini par trouver spécifique à son travail.

Sur l'une de ses lettres, il y avait une tache de sang. J'échafaudai les pires hypothèses, et en me rongeant les ongles et en m'arrachant les peaux d'inquiétude, l'un de mes doigts finit par saigner sur cette même lettre. En voyant les deux taches l'une à côté de l'autre, je compris. La banalité de l'acte me bouleversa.

L'intangible pouvait saigner, l'immatériel se rongeait les ongles.

Je trouvai une photographie d'elle, après avoir longuement insisté auprès de son éditeur, mais elle était de dos, et même son dos était en partie obscurci par la fumée d'une cigarette en dehors de l'image. Elle avait la tête tournée à moitié, et on pouvait supposer qu'elle souriait, peut-être même qu'elle était heureuse – mais je ne voudrais pas trop m'avancer. Mes recherches ne m'ont jamais permis de l'affirmer.

Je ne pus jamais la croquer de mes yeux ; alors je tentai de la découvrir à travers ses livres. J'avais évidemment tous les livres de Debreuil et je les avais lus avec ferveur ces dernières années. Je les relus en cherchant des indices sur son identité.

Les auteurs ont tous des manies, des thèmes récurrents, des références à d'autres auteurs. Je pensais pouvoir la débusquer au détour d'une page. C'en était devenu une obsession, mais je pense n'avoir jamais basculé dans l'idolâtrie. Je faisais un travail de recherche, universitaire même, de critique littéraire. Voilà tout. Rien de plus. Qu'importent mes rougissements quand je remarquai des similitudes dans la façon dont elle décrivait les cheveux de ses personnages, leurs cils, leurs doigts, des désirs enfouis derrière ces mots ? Qu'importent les battements de cœur quand je crus reconnaître un jour un café du centre-ville au cœur d'une ligne. Je m'y rendis le lendemain, et je passai de nombreuses heures à observer les femmes qui entraient et sortaient.

Ce que j'appris d'elle, surtout, c'était la fermeté de son style, cette légère distance entre elle et ses personnages, ce refus de s'émouvoir. Elle écrivait toujours à la troisième personne ; le je était absent. La seule exception étant *Elle*, bien évidemment ; c'est peut-être pour cela que je n'ai jamais réussi à le finir. Je supposai en voyant Amélie s'abreuver de cafés sans sucre que c'était sa boisson préférée. Je pensai – ou rêvai, qu'elle aimait faire des cunnilingus, à cause d'une métaphore filée dans *L'Homme qui dégringole* sur une huître. Les vieux immeubles et les jardins publics déserts faisaient partie de ses lieux de prédilection pour commencer ses histoires ; je me retrouvai à guetter chaque arbre ou chaque vieil interphone que je pouvais croiser.

Je m'imaginai qu'un des personnages me ressemblait (la voisine du troisième étage dans *L'Homme qui dégringole*, qui lit un livre et dont les cheveux sont attachés en chignon), et que je l'avais inspirée sans le savoir, qu'elle m'avait vue lire dans un café, et qu'elle en avait tiré une image suffisamment forte pour apparaître brièvement. Ne me jugez pas trop – c'était il y a longtemps.

Enfin, un jour, je crus être arrivée au but. J'avais – je me sens ridicule en l'écrivant - compilé toutes mes « preuves » dans un énorme dossier, et aidé d'une carte de Paris, j'avais trouvé un lieu qui rassemblait le plus grand nombre de ses thèmes favoris : un jardin public avec un marronnier près d'un tilleul (comme le jardin dans *La Petite fugue*), un quartier résidentiel avec des vieux immeubles (*Elle*), à côté d'une rue portant le nom d'un homme politique oublié (*L'Homme qui dégringole* et *Au cœur de la nuit*), et, cerise sur le gâteau, longeant une synagogue.

Quand j'y repense aujourd'hui, je vois bien que cela ne prouvait rien, qu'elle avait pu combiner plusieurs choses qu'elle appréciait, ou simplement les inventer pour donner une certaine atmosphère à ses livres. Mais l'amour rend aveugle, n'est-ce pas ? Je dis à tout le monde que moi, j'allais réussir à obtenir un entretien avec Jeanne Debreuil. Je le dis à mon équipe de *L'Errance*, qui partagea mon enthousiasme. Le numéro soixante-seize contiendrait un entretien avec Jeanne Debreuil. Je me vantai à tous les debreuillistes que je connaissais, sans dire comment j'allais y arriver. Vous êtes sans doute familière avec le travail de cette chère Mayim. Elle ne me crut pas ; cela renforça ma détermination.

La nuit avant de me rendre dans ce parc, je rêvai d'églises et de temples, de mosquées et de synagogues. Puis mon rêve se précisa, et je vis une synagogue. J'entrai et je m'assis. J'attendais. Dans mon dos, je sentis Jeanne Debreuil s'asseoir derrière moi. Je ne pouvais pas me retourner, mais de toute façon, je ne le voulais pas. Elle était là ; ça aurait été inutile de la voir. Me retourner, ça aurait été mettre en doute sa présence, prendre le risque de voir un siège vide derrière moi. Peut-être alors que la synagogue entière se serait effondrée sur moi, et dehors, les lampadaires se seraient tordus, les maisons auraient disparu, les arbres seraient bleus. Le monde n'aurait plus eu de sens.

Je me réveillai en nage. C'était sans doute un rêve prémonitoire, mais je me rendis quand même au parc. Il était charmant – vous me pardonnerez de ne pas vous donner l'adresse. Vous comprendrez vite pourquoi. Il y avait des employés de bureau qui passaient, des enfants qui jouaient, tous les éléments que je retrouvais dans ses livres, mais qu'au fond, on trouvait dans beaucoup de parcs, n'est-ce pas ? Il y avait aussi une femme assise sur un banc. Souvenez-vous, je n'avais rien d'elle, juste une photographie en noir et blanc où elle était de dos. Ce qui m'intriguait chez cette femme, c'est qu'elle était penchée sur un carnet et qu'elle écrivait.

Elle était toujours penchée dessus. À l'heure où je vous écris, je la vois, en face de moi, sur son banc, et elle écrit toujours. Je ne vis jamais son visage, et je ne compte pas le voir. Je viens quand elle est déjà là, et je pars bien avant elle.

Je ne lui adressai jamais la parole, et je n'entendis jamais le son de sa voix. Et je devine déjà vos questions : était-ce Jeanne Debreuil ? Comment pourrais-je le savoir ? Je ne le savais pas et je ne le sais pas. Mais ce jour-là, j'étais si fatiguée de la chercher dans ses livres, dans les recoins de porte, dans les parcs déserts, que je m'assis sur un banc en face d'elle en ayant l'impression d'être arrivée au bout de ma quête. Je craignais tellement d'aller la voir, et que ce ne soit pas elle, ou pire, que ce soit elle. Si vous saviez... Mais vous le savez peut-être déjà.

Peut-être que ce n'est pas elle, peut-être que oui. Mais l'entretien ? L'entretien, je l'écrivis en la regardant écrire. Et j'imaginai ses réponses dans les gestes de sa main quand son stylo grattait le papier.

Je ne voyais pas de plus grand hommage à Jeanne Debreuil que de falsifier l'unique entretien qu'elle n'ait jamais donné. Et ils y crurent tous. Vous l'avez lu, vous savez à quel point il est vide. Il est vide, parce que dès que je lui donnais une réponse un peu trop grandiloquente, une analyse profonde de ses propres livres, je sentais que c'était moi qui parlais à sa place. Il fallait qu'elle soit la plus banale possible pour s'éloigner de moi. Peut-être que je voulais me décevoir moi-même.

Mayim réussit à en tirer des analyses tirées par les cheveux, certains furent déçus, mais beaucoup pensèrent que ce n'était qu'une autre ruse de Debreuil, un nouveau jeu de piste. J'étais épuisée, moi qui savais la vérité. Peu de temps après, je choisis d'arrêter *L'Errance*. Ce n'était pas de la culpabilité ; tout semblait si vain désormais. J'étais allée au bout de Jeanne Debreuil. J'arrêtai définitivement le journalisme. Je vis un peu en retrait maintenant. Mes livres de Debreuil sont bien rangés dans un placard. J'écris encore des articles, à l'occasion.

Bon courage pour votre mémoire, sincèrement,
Dalila

conclusion.doc

Il est intéressant de comparer les recherches littéraires selon les pays, de voir ce qui intéresse les chercheurs américains en comparaison avec les chercheurs français. Plus passionnant encore est la méthodologie. Parler à la première personne dans un essai, dans une étude, est très mal vu en France. C'est le nous qui prime, qui permet une certaine distance, et de façon amusante, convie le lecteur à l'étude. Nous allons étudier ensemble, comme s'il s'agissait d'un travail collectif. Si on l'analyse plus encore, ce nous suggère que le lecteur en comprenant l'analyse, en la lisant, la complète. La première personne plus usuelle dans les études anglophones excite moins l'imagination.

Nous n'utiliserons pas la première personne du singulier pour cette brève conclusion, simplement pour profiter du relatif anonymat de la première personne du pluriel, et de ce qu'elle inclut. C'est pourtant bien une multitude de voix qui se cache derrière ce mémoire ; Jeanne Debreuil a certainement participé à la conclusion.

Qui est Jeanne Debreuil ? Ce n'était jamais la question qui importait, et ce n'est pas à celle-là que nous répondrons. La question, ou plutôt, l'une des questions de ce mémoire, était celle de la relation entre l'auteur et le chercheur. Et avant même de se demander en quoi consiste cette relation, notre première interrogation a été de voir s'il y avait simplement une relation. La réponse, comme souvent dans les mémoires, ne se résume pas à un simple oui ou non, puisque la question peut être divisée : comment définit-on une relation ? Comme définit-on un auteur ? Comment définit-on un chercheur ? En réalité, il est rare qu'un mémoire de recherche ne soit pas obligé de tout définir, de réinventer le langage qu'il va utiliser. Chaque mémoire est une création du monde, remodelé par celui ou celle qui l'écrit, si on comprend que le monde est fait de mots.

Cette relation indéfinissable, nous l'avons étudiée, à la loupe. Elle est passée par quatre étapes : la découverte, ce moment où on est intrigué par quelqu'un, quand on ne connaît pas vraiment la personne. Elle possède encore ce charme un peu mystérieux des premières rencontres. La deuxième étape consiste à passer de plus en plus de temps avec elle, pour tenter de la connaître par cœur, mais aussi tout simplement parce qu'on l'apprécie. Peut-être que c'est à ce moment-là qu'on aime vraiment – les lectrices de Proust qui peuplent ce mémoire ne seraient pas en désaccord. Swann aime Odette, il aime passer du temps avec Odette, mais vient un jour où elle lui manque. Vient un jour où il devient jaloux. Nous n'avons pas parlé de la jalousie dans notre troisième étape, mais c'est bien le même sentiment de possession, de manque qui habite ces pages. C'est le début de la descente aux Enfers, la possession complète restant toujours impossible : Swann a la preuve définitive qu'Odette ne l'aime plus, ne l'a jamais aimé, l'a trompé depuis le premier jour. La fin du roman conclut le cycle ; il ne l'aime plus non plus, il ne comprend même pas comment il a pu l'aimer, elle qui n'était « pas son genre » ! C'est la quatrième étape, la déception et la fin de l'amour, ce qui ne signifie pas une séparation. Swann épouse Odette. Un mémoire finit bien par une conclusion.

Swann est le Moïse de la Recherche. Il trouve sa Séphora dans un tableau de Botticelli et sous les traits d'Odette, il entend la voix du buisson ardent dans le violon de la sonate de Vinteuil, il se révolte contre l'injustice que subit Dreyfus mais il meurt juste avant de quitter le désert, dans lequel il a guidé le narrateur, qui lui saura interpréter la sonate, qui lui pourra écrire. Une révélation, une histoire d'amour... Il y a peu de différences. Dans l'histoire du feu et du récit, racontée par Agamben, il y a une transmission, mais qui, à première vue, se perd : on s'attend à chaque tournant de l'histoire que le récit ne suffise plus. En réalité, au fur et à mesure que le rituel perd de ses éléments, on s'approche de la vérité, en l'éclaircissant petit à petit. Le temps, sur plusieurs générations, élimine ce qui était inutile pour réussir. Qu'est-ce qui suffit, finalement ? C'est le récit, alors que tous les éléments de l'histoire ont été oubliés. Le récit est le seul élément invisible, techniquement non présent dans l'histoire, puisqu'il la raconte. Et c'est là où naît le paradoxe : le récit n'est pas présent au début de l'histoire, quand le rituel est respecté, et pourtant cela suffit déjà. Ce qui suffit pour le dernier rabbin, ce n'est pas le feu, ce n'est pas la prière, ce n'est pas la forêt, c'est raconter la perte de tous ces éléments. L'erreur d'interprétation serait de croire que c'est le même élément qui permet au miracle de s'accomplir au début et à la fin de l'histoire. Le premier rituel s'accomplit dans les règles, d'où son succès ; tous les autres ne s'accomplissent que grâce à son souvenir. Comme l'écrit Agamben, la littérature est la « mémoire de la perte du feu[50]. »

---

[50] Giorgio Agamben, *Le feu et le récit*, Rivages, 2015.

Ce mémoire est consacré à l'absence d'un écrivain, à son souvenir, non pas comme un hommage, mais comme une recherche, pas du temps perdu, mais de Jeanne Debreuil. Plus qu'une recherche, un rituel pour l'incarner, la rendre vivante (de nouveau ?). Ce rituel a dû passer par une perte progressive, une déception programmée, inévitable, et maintenant que l'histoire a été racontée, nous ne pouvons que demander : est-ce que cela suffit ?

Bibliographie

Œuvres de Jeanne Debreuil

DEBREUIL Jeanne, *Au cœur de la nuit*, La Bibliothèque, 1988.

DEBREUIL Jeanne, *Elle*, La Bibliothèque, 1991.

DEBREUIL Jeanne, *La Petite fugue*, La Bibliothèque, 1994.

DEBREUIL Jeanne, *L'Homme qui dégringole*, La Bibliothèque, 1998.

Articles, émissions et colloques

DALILA, « Le pseudonyme : un rituel intime », in *L'Errance*, 1993, n° 2.

DALILA, « L'extinction du chercheur », in *L'Errance*, 1995, n° 27.

DALILA, « Petite fugue/Petite mort », in *L'Errance*, 1996, n° 31.

MAZZOTI Rodrigo, « De Debreuil à Bolaño : la quête de Dalila », *La Tour de Babel*, 1996.

MAYIM, « Espaces et contre espaces : les dynamiques de Debreuil », in *L'Errance*, 1997, n° 52.

BERADE Julienne, « L'auteur qui dégringole », in *L'Errance*, 1998, n° 74.

DALILA, « To the happy few – une défense de Jeanne Debreuil », in *L'Errance*, 1998, n° 75.

DALILA, « Entretien avec Jeanne Debreuil », in *L'Errance*, 1999, n° 76.

MAYIM, « La fausse déception chez Debreuil : analyse de son seul entretien », in *L'Errance*, 1999, n° 77.

MAYIM, « L'égnimicité debreuillienne », in « Colloque en l'honneur du dernier numéro de *L'Errance* », sous la direction de Dalila, 1999.

CORNIERE Patrick, « Qui a tué Jeanne Debreuil ? », in *Crimes de Lettres*, 1999, n° 76.

HERNIER Jacques, « Le mystère Debreuil est encore à élucider », in *Lire aujourd'hui*, 2001, n° 123.

BERADE Julienne, « Jeanne Debreuil, une hypocrisie française », in *Lire aujourd'hui*, 2003, n° 150.

DUMONIER Nicole, « Jeanne Debreuil : une poétique du nom », in *Auteurs modernes et modernité de l'auteur*, sous la direction de Nicole Dumonier, Presses universitaires de Paris-Nanterre, 2015.

DUMONIER Nicole, « La revue littéraire, un art bien français », intervention au Collège de France, 2017.

Livres

BORGES Jorge Luis, CAILLOIS Roger (trad), *Fictions*, Gallimard, 1983.

DANIELEWSKI Mark Z. Danielewski, CLARO (trad), *La Maison des feuilles*, Points, 2015.

JAMES Henry, FONTANEY Pierre (trad), « Le Motif dans le tapis », Nouvelles complètes, tome III Gallimard, coll. « Bibliothèque de la Pléiade », 2011.

MANGANELLI Giorgio, FERAULT Dominique (trad), *Le Marécage définitif*, Le Promeneur, 2000.

MANGANELLI Giorgio. *Nuovo commento*, Adelphi, 1993.

SOUDAIEVA Maria, *Slogans,* L'Olivier, 2004.

VOLODINE Antoine, *Le post-exotisme en dix leçons, leçon onze*, Gallimard, 1998.

Ouvrages théoriques

AGAMBEN Giorgio, RUEFF Martin (tard), *Le feu et le récit*, Rivages, 2015.

BAYARD Pierre. *Enquête sur Hamlet : Le dialogue de sourds*, Les Editions de Minuit, 2014.

COMPAGNON, Antoine. *Le Démon de la théorie. Littérature et sens commun*, Points, 2014.

HOFFMAN, Edward. *The Hebrew Alphabet: A Mystical Journey*, Chronicle Books, 1998.